AF140916

Tina Charcoal Burner

Club Olé
…….und weiter gehts
mit heißen Spielchen

Herstellung und Verlag
Books on Demand GmbH,
Norderstedt
© 2014

ISBN 9783734731907

Coverfoto © 2014
Monika Brunow, Hatten

Vorwort

Der Einstieg in die Geschichte und der Übergang zu weiteren Verläufen einiger Zwischenszenen, sind von Swingerclubgängern, aus deren Privatbereich hier zum Besten gegeben und mit Erlaubnis in diesen Roman eingebunden worden.

Es ist exakt so passiert.

Zu dieser Reihe gehören

Celines Geschichte
ISBN 978 3 732 254 538

Heiße Spielchen im Swingerclub
ISBN 978 3 732 255 672

Sabrina und Josefine sind erneut Hauptdarstellerinnen in dieser Geschichte.

Dazu gesellen sich zwei Freundinnen von Sabrina.

Molly......eigentlich Marlene.

Stolze Besitzerin eines Erotikshop.

Wegen ihrer Körperfülle wird sie von allen liebevoll bei diesem Spitznamen genannt.

Biggi.......eigentlich Brigitte.

Diese führt einen gut gehenden Friseurshop.

Sabrina hat diverse Sexaktivitäten unter der Woche, nun auf die Räume ihres Haus ausgeweitet, was guten Anklang findet.

So begegnen sich dort allerlei illustre Spielgefährten.

Ihr Motto:

Willkommen hier im „Club Ole, am nächsten Morgen tut uns alles weh."

Club
Olé

……..und
weiter geht's mit
heißen Spielchen

„Fisting?! Sag mal Josi bist du bescheuert? Das geht ja gar nicht! Wirklich mit der ganzen Faust? Ich bin gerade so etwas von entsetzt!"

„Mein Gott! Sabrina! Stell dich nicht so mädchenhaft an! So schlimm war das auch wieder nicht! Außerdem ist der Typ echt geil. Du hast in den letzten Wochen einiges verpasst. Wie ist denn dein erster Termin am Gericht, wegen deiner Scheidung verlaufen?", fragte sie nach.

„Hör bloß auf! Dieser Drecksack versucht mit allen Mitteln, dass ich leer ausgehe. Aber, dass hatte er mir bereits im Vorfeld angekündigt. Seine neue Ische passt zu ihm und scheint ein geistloses Stück zu sein, wie er. Die beiden haben sich gesucht und gefunden", gab ich von mir.

Langsam lief ich in meiner Wohnung auf und ab und ließ mir von Sabrina, die letzten Ereignisse erzählen.

„Was ist heute Abend? Hast du Lust? Jeff hat nach dir gefragt. Er hat dich vermisst und sitzt traurig im Club herum. Keine der Tussis bringt ihn dazu, mit auf die Zimmer zu gehen. Er hofft, dass du ihm verzeihst und irgendwann mal wieder mitkommst. Nun gib dir einen Ruck! Geh mit! Selbstmitleid ist out! Also? Heute ist erneut eine der beliebten Verkleidungspartys mit der Option auf den Darkroom. Ein Stripper ist anwesend und anschließend das große Massengangbang! Wenn ich nur daran denke, werde ich schon wieder geil und feucht im Schritt!", kam es stöhnend aus dem Hörer.

Ich lachte.

Typisch für Josefine.

„Ja, ein bisschen Abwechslung wäre schon recht. Nur habe ich keine neuen, erotischen Klamotten mehr. Die alten kennt Jeff bereits und ich würde ihn doch gerne überraschen und ein wenig schmoren lassen. Da muss ein völlig neues Outfit her. Okay! Ich komme mit und hole dich nachher ab."

„Was hast du vor?", hakte Josi nach.

„Lass dich überraschen! Bis dann!", gab ich zurück.

Grinsend legte ich auf.

Ich würde mir für den heutigen Abend ein besonderes Kostüm kaufen. Molly, eine alte Schulfreundin, besaß ein Geschäft der besonderen Art. Da würde ich sicher etwas Ausgefallenes finden.

Nur meine Frisur! Mit dieser war ich schon lange nicht mehr zufrieden!

Ein Anruf bei meiner Frisöse reichte und der Termin für Nachmittag war gebongt.

Pfeifend verschwand ich ins Bad unter die Dusche.

Während ich mich einseifte, schweifte ich mit meinen Gedanken zu Jeff. Mir wurde nach kurzer Zeit mehr als heiß und dann stellte ich mir vor, dass er mich von oben bis unten ganz sanft massierte, mir die Seife aus der Hand nahm und einschäumte.

Ich stöhnte vor mich hin und drehte den Duschkopf gezielt auf Dauerstrahl. Langsam öffnete ich meine Beine und hielt ihn mir dazwischen.

Huch!

Kalt!

Ich schüttelte mich und regulierte die Temperatur.

Herrlich!

Langsam aber gezielt, strömte das Wasser gegen meine untere Region.

Ich griff mir mit der Hand zwischen die Schenkel und schob die Schamlippen zur Seite.

O Gott! War das geil! Ich legte meinen Kopf in den Nacken und in kürzester Zeit hatte ich genau dass, was ich bezweckte……einen heftigen Orgasmus.

Nach Wochen der absoluten Abstinenz, war dies ein

Hochgenuss der besonderen Art.

Vibrator!

Wo war mein Vibrator?

Auch wenn ich mir heute abends alles live einverleiben konnte, wollte ich jetzt ein Vorspiel um mich etwas einzustimmen.

Verflixt!

Der Vibi lag noch in Josis Auto!

Mist!

Ich wollte enttäuscht aufhören, als mir einfiel, dass ich gestern frische Salatgurken eingekauft hatte.

Sollte ich?

Na klar!

»Scheiß drauf!« , dachte ich und stieg aus der Dusche.

Klatschnass rannte ich in die Küche, schnappte mir die größte und dickste der Gurken und verschwand damit erneut unter die Dusche.

Schon alleine die Vorstellung, dass mir dieses Gemüse gleich herrlichen Genuss der besonderen Art schenken würde, ließ meine Atmung schneller werden.

Breitbeinig und das rechte Bein auf den Duschhocker stellend, führte ich sie mir ganz vorsichtig ein.

Ich zitterte vor Erregung und stellte mir Jeff dabei vor.

Langsam schob ich die Gurke vor und zurück und war nach kurzer Zeit so scharf, dass ich nicht genug davon bekommen konnte.

Allerdings, ging es mir nicht schnell genug und so kam mir die Idee, mich auf den Hocker zu setzen und mich rhythmisch auf und ab zu bewegen, immer mit dem Gedanken im Hinterkopf, dass Jeff es mir so richtig und heftig besorgte.

Ich kam mehrmals und schrie jeden Orgasmus aus mir heraus.

Knack!

Das Geräusch ließ mich erstarren, ich erhob mich vom Hocker und sah entsetzt, wie ein Teil der Gurke aus meiner unteren Region in Richtung Duschboden fiel.

Ach du Scheiße!!!!

Der Rest blieb stecken!

Ich geriet in Panik und versuchte so weit es ging, mit meinen Fingern, dass verbliebene Stück herauszuholen

Nichts ging!

Es hatte sich verkantet und rührte sich nicht.

Ich schlug die Hände vors Gesicht.

War ja klar, dass mir das wieder passieren musste!

Was nun!

Ich presste und presste……..vergebens!

Wütend über mich selbst, rief ich Josefine an.

Nachdem ich den Sachverhalt erklärt hatte, hörte ich sie nur noch brüllend lachen.

„Sabrinaaaaaa! Das ist wieder typisch für dich! Voll das Chaotenweib! Ich schmeiß mich weg!", kam aus dem Hörer.

„Blöde Kuh! Was mach ich denn jetzt?"

„Frauenarzt oder Notdienst! Ich kann mich gar nicht mehr beruhigen! Wie geil ist das denn! Na, die Herren werden sich freuen, dir helfen zu dürfen! Sie zu, dass du die Gurke da unten raus bekommst! Wir wollen doch nicht, dass du da Schimmel ansetzt! Bis dann!", gab sie kreischend von sich und legte auf.

Ich entschied mich für meine Frauenärztin.

Die Fahrt mit dem Auto wurde zur Tortur, da mir dieses Reststück, einen Orgasmus nach dem anderen bescherte.

Ich wusste nicht, wie ich mich setzen sollte. Kaum dort angekommen, stellte ich entsetzt fest, dass die Praxis aus gesundheitlichen Gründen geschlossen war, mit dem Hinweis, dass ein männlicher Kollege für heute, ihren Notdienst übernahm.

Ich fluchte.

Murphys Gesetz griff mal wieder!

Da musste ich jetzt durch.

Nie wieder würde ich eine Gurke entfremden, dass schwor ich mir hoch und heilig.

Endlich erreichte ich mein erneutes Ziel. Da diese Angelegenheit mehr als peinlich war, winkte ich die Sprechstundenhilfe zur Seite und erklärte, was für ein Anliegen mich quälte.

Sie musste sich beherrschen und gluckste vor sich hin.

Kurz darauf verschwand sie hinter einer der Türen, die ich als Sprechzimmer einstufte und kam mit dem Arzt zurück.

Grinsend stellte er sich vor.

„Gnädige Frau, da handelt es sich tatsächlich um einen besonderen Notfall. Bitte folgen Sie mir!"

Mit hochrotem Kopf eilte ich hinterher.

„Setzen würde ich Ihnen nicht unbedingt empfehlen. Es wird das Beste sein, wenn Sie sich sofort auf den Behandlungsstuhl begeben, damit ich dieses Übel, dass Sie so quält, von dort entfernen kann."

Ich beeilte mich seinem Rat zu folgen.

Kurze Zeit später war ich erlöst.

Stolz präsentierte er mir das Gurkenstück.

Nur raus hier!

Schnell zog ich mich an.

„Soll ich es Ihnen einpacken? Es ist unverletzt", gab er dreckig grinsend von sich.

Ich wurde wütend.

„Die schenke ich Ihnen! Sie können sich davon einen leckeren Salat machen. Gewürzt ist sie schon!", knallte ich ihm an den Kopf.

Verdutzt schaute er mich an und brach dann in lautes Lachen aus.

„Viel Spaß heute noch und lassen Sie das Gemüse in Frieden!", brüllte er hinter mir her.

Panikartig verließ ich die Praxis in Richtung Friseur.

DingDong!

Einige Zeit später betrat ich den Laden von Biggi.

„Hallo Sabrina! Na, was kann ich dir gutes tun?"

Wir umarmten uns.

„Haare ab! Ganz kurz! Rot gefärbt und einen frechen Schnitt, wenn ich bitten darf!", erklärte ich ihr.

Ein Schrei entströmte ihrem Mund.

„Bist du denn des Wahnsinns? Dein schönes langes Haar? Alles ab?", fragte sie entsetzt nach.

„Ja! Ratzfatz ab! Nun leg schon los!", forderte ich sie auf.

Während eine ihrer Angestellten mir einen Kaffee auf den Frisiertisch stellte, kamen wir ins plaudern.

Ich erzählte von dem kleinen Fauxpas, der mir passiert war.

Biggi musste immer wieder Pausen beim Schneiden meiner Haare einlegen und bog sich vor Lachen.

„Ich stell mir gerade dein Gesicht vor, als du dieses knacken gehört hast. Vor allem dieser Frauenarzt! Was hat er denn zu deiner Aktion gemeint, als er das Teil entfernte? ", hakte sie nach.

„Hör bloß auf! Am liebsten wäre ich gleich vor Ort im Erdboden versunken! Was ist Biggi? Haste Lust heute mitzukommen? Ich frage Molly auch noch! Muss mir was Passendes bei ihr besorgen und dann geht's ab auf die Piste", gab ich von mir.

Sie überlegte.

„Eigentlich eine gut Idee! Walter wird wohl heute mal

wieder seine Sekretärin vögeln und mir weismachen, er müsste Überstunden machen! Der Idiot denkt, ich habe es noch nicht bemerkt. Männer sind einfach so leicht zu durchschauen. Also, ich bin dabei und meine Angestellten werden die nächsten Stunden auch ohne mich auskommen! Warte, ich gebe noch Order und dann komme ich mit. Die Klamotten spendiere ich. Heute wird nicht gegeizt sondern geklotzt!"

Ich lachte und dann zauberte sie mir eine Frisur, dass ich regelrecht nach Luft schnappte.

Die kurzen Haare und das leuchtende rot, gaben mir das gewisse Etwas.

„Wow! Ich erkenne mich fast nicht wieder! Voll der Vamp! Na, da geht doch heute Abend die Post bei den Kerlen ab!"

„Nicht nur die Post, liebe Sabrina. Die werden ihre Schwänze auf standby halten. Mein Gott, du siehst so was von scharf aus. Unglaublich!", kommentierte sie.

Nach ein paar Anweisungen an die Belegschaft, waren wir kurze Zeit später auf dem Weg zu Molly.

Sie bediente gerade einige Kunden als wir eintrafen und winkte wie eine Irre, als sie uns erblickte.

„Juhu! Na Mädels, was geht? Ich bin gleich bei euch! Schaut doch schon mal alles durch! Die Kabinen sind jetzt ganz hinten! Ich habe etwas umgestaltet! Gerade habe ich neue, schicke Klamotten hereinbekommen! Sicherlich ist für jede von euch etwas dabei!", brüllte sie quer durch den Laden.

Wir lachten, winkten zurück und folgten ihrem Rat.

Kurze Zeit später, fand ich was ich gesucht hatte und verschwand damit in die Umkleide.

Ein schwarzer Traum aus Spitze. Eigentlich mochte ich Bodys dieser Art nicht, da sie im Schritt immer so scheuerten, aber dieser hatte das gewisse Etwas und ich konnte nicht widerstehen. Hinten die Träger über Kreuz bis zum Poansatz, wo das Teil mit einer riesigen Schleife abschloss. Boah!!! Ich sah ja heiß aus! Perfekt!

Ich verließ die Kabine um nach Biggi zu sehen und ihr meine Errungenschaft zu präsentieren, als es passierte. Prompt stieß ich mit einem Kunden zusammen, der es sehr eilig hatte zur Kasse zu kommen.

„Können Sie denn nicht aufpassen!", blaffte er mich an, während er sich bückte um die Klamotten, die ihm heruntergefallen waren, aufzuheben.

„Entschuldigung! Es war nicht meine Absicht! Kann ich helfen?", fragte ich nach und ging in die Hocke um ihm beim zusammenräumen der Stücke zu helfen.

Kurz sah er mich an.

„Danke, sehr freundlich von Ihnen! Ähm….wissen Sie, ich mache das zum ersten Mal und…na ja…es ist ..wie soll ich es sagen…mir etwas peinlich. Wenn mich meine Angestellten jetzt so sehen, bin ich unten durch als Chef. Sie wissen doch…..als Chef hat man auch einen Ruf zu verlieren", stammelte er vor sich hin.

Ich grinste.

„Ach, so einer sind Sie? Nach außen der Saubermann und sonst verdorben bis zum Abwinken! Das geht ja gar nicht!"

„Sehen Sie! Genau das meinte ich! Ich….ich", gab er stotternd von sich.

Ich brach nun entgültig in Lachen aus.

„Nun bleiben Sie doch mal locker. Erstens geht mich ihr Privatleben nichts an und zweitens kaufen hier bei Molly auch Herrschaften aus den unterschiedlichsten Schichten, vom Normalo bis zum Staatsdiener ein. Sie sind mir keine Rechenschaft schuldig", erklärte ich.

Mein Gegenüber, der rot wie eine Tomate im Gesicht war, atmete erleichtert aus.

„Na dann....."

Langsam erhob er sich, reichte mir die Hand, die ich ergriff und zog mich hoch.

Er trat einige Schritte zurück.

„Oh, mein Gott!", gab er von sich und dann wanderte sein Blick an meinem Körper von oben nach unten.

„Was ist?", fragte ich unsicher nach.

„Makellos! Ich bin geflasht! Sie sehen einfach nur heiß aus. Der Body steht Ihnen ausgezeichnet. Ihr Freund kann sich mehr als glücklich schätzen, ein Goldstück wie Sie, besitzen zu dürfen."

„Danke, für das Kompliment! Gleich zur Information, ich lebe zurzeit in Scheidung und kein Mann, weder jetzt noch in naher Zukunft, hat einen Besitzanspruch auf mich, denn ich bin niemanden Eigentum."

Was war das denn für ein Vogel!

Die Kerle hatten echt einen an der Waffel!

Besitzanspruch!

Wo leben wir denn!

Mein Gegenüber wurde erneut rot.

Auweia, der Typ war wohl noch Jungfrau!

Anders konnte das nicht sein, so wie der sich anstellte.

Oder er war ein guter Schauspieler.

In mein Beuteschema passte er allerdings bestens.

Mein Jagdinstinkt erwachte.

Er starrte mich immer noch an und ich sah ein wenig Erregung in seinen Augen.

Daher wehte der Wind.

Okay, die Testphase konnte beginnen.

Langsam lief ich auf ihn zu, streifte ihn kurz, bevor ich meine Umkleide betrat und hörte ihn aufkeuchen.

Na, da ging doch was.

„Wie heißen Sie eigentlich?", fragte ich ihn.

„Andreas! Andreas von Breitenfels! Und Sie?"

15

„Sabrina! Einfach nur Sabrina!“
„Schöner Name!“
„Danke, Ihrer auch!“
Mein Gott!
Was war das denn für eine bescheuerte Konversation!
Ich überlegte.
„Sagen Sie mal…..ach, eigentlich könnten wir ja ins
Du übergehen. Hast du heute Abend schon etwas vor?
Wir Mädels benötigen noch ein paar Jungs für unseren
Besuch im Swingerclub. Du kannst auch gerne deine
Freundin mitbringen. Vorausgesetzt, sie ist nicht ganz
so prüde. Ist ja nun nicht jedermanns Sache! Warst du
schon mal swingen? Oder ist das für dich Neuland?“,
wollte ich wissen.
Keine Antwort.
Ja super!
So ein Feigling!
Den hatte ich wohl in die Flucht geschlagen.
Ich lachte, zog den Vorhang zurück um die Mädels zu
suchen und prallte voll auf Andreas auf.
„Upsssss!“, entrutschte es mir.
Süffisant blickte er mich an und schob mich sanft in
die Kabine zurück, bis ich unfreiwillig auf dem Hocker
Platz nahm.
„So eine bist du also. Ja, ich gehe heute Abend sehr
gerne mit. Eine Freundin besitze ich nicht und das ist
gut so. Ihr Frauen fallt doch immer wieder auf meine
Inszenierung herein. Was hältst du hier und jetzt, von
einem kleinen Probefick? So zum Antesten? Ich bin so
etwas von scharf auf dich! Also?“
Irritiert schaute ich ihn an.
Nur bloß nicht anmerken lassen, dass ich geschockt
war.
Mit dieser Aktion hatte ich nicht gerechnet.

Egal! Scharf war ich eh noch von dieser Gurkenaktion und in der Umkleide hatte ich es auch noch nie getan.

„Okay! Wie hättest du es denn gerne?", säuselte ich.

„Da du gerade sitzt, wäre ein bisschen Blasmusik gar nicht so übel. Da steh ich voll drauf! Das andere ergibt sich!"

Ich nickte und griff ihm in den Schritt, wo sein bestes Stück erheblich angeschwollen war.

Er stöhnte auf.

Langsam lockerte ich den Gürtel seiner Jeans, öffnete den Knopf und zog mit meiner rechten Hand ganz vorsichtig den Reißverschluss nach unten. Dabei strich ich mit der linken Hand sanft über seinen Penis, der immer mehr Form annahm. Die Jeans glitt zu Boden.

Andy verkrallte sich in meine Haare und verwühlte sie.

Meine Haare!

Verdammt meine Frisur!

Scheiß drauf!

Der Fick war wichtiger!

„Nimm ihn endlich heraus und in deinen Mund!"

Ich schrak aus meinen Gedanken hoch.

Mit zwei Griffen schob ich seinen Slip nach unten und schon sprang mir sein Freudenspender im wahrsten Sinne des Wortes ins Auge. Ich musste mir ein Lachen verkneifen, was mir sofort verging, als ich dieses Ding da vor mir sah. Erschrocken wich ich zurück und sah Andreas ungläubig an.

„Das ist aber nicht dein Ernst, oder?"

„Doch! Ich weiß, er ist sehr dick und groß! Genau das ist ja mein verflixtes Problem! Keine Frau will deshalb Sex mit mir!"

Ich schluckte.

„Andreas? Wenn du mir versprichst, sehr vorsichtig zu sein, nehme ich dich nachher mit zu mir nachhause.

Da haben wir Ruhe und Platz. Was hältst du davon?"

„Das würdest du tun? Okay! Kannst du mir trotzdem etwas Abhilfe schaffen und wenn du ihn nur mit der Hand bearbeitest."

Ich nickte und nahm dieses Prachtstück in die Hand. Mit geschickten Griffen verhalf ich ihm nach kurzer Zeit zum Abspritzen. Andreas bedankte sich bei mir und knutschte mich regelrecht nieder.

Lachend schickte ich ihn nach draußen.

Keine Sekunde zu früh, denn schon tauchten Josi und Molly auf.

„Und? Haste was gefunden?", fragten sie nach.

„Ja, hab ich", gab ich zweideutig von mir.

Stolz präsentierte ich meine Errungenschaft.

„Holla die Waldfee! Ist das in geiles Teil! Mensch, da gehst heute abends weg, wie ne warme Semmel! Aber das gehst du ja sowieso immer! Sag mal, wer ist denn die Sahneschnitte da draußen? Was läuft da bei euch?"

Ich lachte und erzählte im Telegrammstil, was vorher geschehen war.

„Mensch, du hast aber auch immer einen Dusel! Na, dann viel Spaß nachher zuhause und sieh zu, dass er noch paar potentielle Freunde mitbringt. Molly und ich gehen noch auf einen Kaffee und holen dich dann ab! Bis denne!"

Ich versprach beiden, dass ich für gut bestückte Kerle sorgen würde, zahlte und verschwand mit Andreas in Richtung Parkhaus.

„Wo steht dein Auto?"

„Unterstes Parkdeck! Warum?"

Grinsend kniff er mir ins Hinterteil.

„Kannst du dir das nicht denken? Kleiner Fick so auf dem Rücksitz? Ich bin auch vorsichtig!"

„Andreas, wir haben eine Abmachung!"

Mit treuem Hundeblick schaute er mich an.

Mist!

Was soll's!

Irgendwie ging es schon!

Außerdem juckte es mich gehörig da unten und mein neues Auto war geräumig genug. Ich hatte mir einen Kombi angeschafft. Fürs Bumsen gut geeignet!

„Okay!", gab ich lachend von mir.

Die Karre stand etwas abseits und war nicht gleich so einsehbar. Also, was sollte schon passieren.

Das Einzige was mir Sorgen machte, war dieser riesige Penis von Andreas.

Kaum hatte ich das Auto aufgeschlossen, kam er auch schon zur Sache. Überfallartig zog er mich an sich und küsste was das Zeug hielt. Ich quietschte ein paar Mal auf, damit er mich Luft holen ließ und dann ging es gnadenlos weiter. Während dieser Aktion hob er mich vorsichtig hoch und verbrachte mich in den hinteren Teil meines Wagens. Schon lag er auf mir, schob den Pulli nach oben und massierte meine Brüste. Ich wand mich unter ihm und stöhnte was das Zeug hielt.

„Ja, so ist es gut Sabrina! Ich werde dir gleich Erlösung verschaffen. Mein Gott, sind diese Titten geil! Deine Brustwarzen einfach nur himmlisch!"

Er öffnete meinen BH und stimulierte gekonnt meine Brust. Ich schmolz dahin und wollte nur noch, dass er mich bestieg. Der Junge hatte es wirklich drauf und er ließ mich schmoren.

„Andy nun komm schon. Ich halte es nicht mehr aus. Besorge es mir endlich. Ohhhh.....ich komme schon wieder!"

Alleine seine Fingerspielchen brachten mich schon um den Verstand.

Etwas ungeschickt fummelte er an dem Reißverschluss

meiner Jeans herum.

„Nun mach endlich!"

„Nicht so ungeduldig! Du weißt doch ganz genau, gut Ding braucht Weil!"

Langsam zog er mir die Hose herunter und dann den Slip.

„Andreas!!!! Jetzt gib Gas!"

Er lachte, spreizte meine Beine und fing an mich mit der Zunge zu befriedigen.

„Oh mein Gott! Wir geil ist das denn? Ja, gib es mir so richtig!"

Während ich mich ihm entgegendrängte, wurde unser Liebesspiel abrupt unterbrochen.

„Hallo? Geht's noch? So eine Sauerei! Haben Sie keine Betten zuhause? Entweder Sie fahren unverzüglich oder ich rufe die Polizei!", brüllte jemand von außen und donnerte mit der Faust gegen das Auto.

Ich erstarrte.

Andreas erhob sich, stieg lässig aus und präsentierte sich nackt wie er war, dem Störenfried.

„Don´t Panic! Wir sind sofort weg! Wollten mal das neue Auto antesten! Spielverderber!"

Ich schämte mich zu Tode und stieg aus.

„Los komm! Ich hab doch gleich gesagt zuhause ist es besser! Aber Nein! Männer eben!"

Lachend schlüpfte er in seine Klamotten und nahm auf dem Beifahrersitz Platz. Ich zog mich hektisch an, stieg ein und fuhr zu mir.

Ich lotste Andy in das Wohnzimmer.

„Was möchtest du trinken?"

„Ein Kaffee wäre angenehm", erklärte er.

Ich verschwand in die Küche und als ich zurückkam, saß Andy bereits halbnackt auf der Couch.

Lachend stellte ich das Tablett ab.

„Du kannst es aber auch nicht erwarten, oder?"

„Nö! Nun komm schon und zieh dich aus! Wir wissen beide um was es geht."

Bevor ich reagieren konnte, hatte er mich geschnappt und zog mich zu sich.

„So Honey, jetzt machen wir genau da weiter, wo wir im Auto unterbrochen wurden."

Mit schnellen Handgriffen hatte er mich und dann sich von den lästigen Klamotten befreit. Sein Prügel stand auch schon wieder und dann lag Andy auf mir.

Stöhnend griff er mir zwischen die Beine. Ich kam ihm entgegen und hatte nach wenigen Sekunden den ersten Höhepunkt.

„Würdest du ihn in den Mund nehmen?"

Ich nickte.

„Aber nur unter der Voraussetzung, dass du mir nicht in den Mund spritzt. Ich mag das nicht", erklärte ich.

„Keine Angst, ich kann mich beherrschen. Ich wollte sowieso von dir wissen, was du beim Sex bevorzugst oder nicht."

„Inzwischen macht mir ein Analfick nichts mehr aus. Nur Kaviar- und Natursektspiele gehen gar nicht! Und diese neumodischen Abartigkeiten wie Fisting und so, da steh ich nicht drauf."

„Okay, ich habe verstanden und werde mich auch daran halten. Jetzt entspann dich einfach und lass dich verwöhnen. Falls dir etwas unangenehm ist, sag es. Ach, übrigens mag ich, wenn man schmutzige Worte beim Sex benutzt. Ich komme dann so richtig in die Gänge."

Bevor ich antworten konnte, kniete er neben mir und steckte mir sein Ding in den Mund.

Langsam fing ich an, daran zu lecken, zu lutschen und

mit den Fingern zu kneten.

Andreas stöhnte und massierte meine Brustwarzen.

Ich verging vor Lust, denn meine Brüste waren mein Handicap.

Wenn er so weiter machen würde, war es mir egal, ob er mir alles in den Mund spritzte oder nicht. Ich kam richtig in Fahrt und polierte ihm sein Stück so extrem, dass er es aus meinem Mund zog.

„Boah, bist du ein geiles Stück! Ich konnte im letzten Moment an mich halten, sonst hätte ich dir alles in den Mund geschossen! Pause! Ich kann nicht mehr und der gute Saft muss nicht einfach so vergeudet werden!"

„Apropos guter Saft! Könntest du dir ein Kondom da drüber stülpen! Du weißt ja…..Aids und so!"

„Ist das dein Ernst? Mit diesem Gummischrott, geht bei mir nichts mehr! Da bekomme ich keinen hoch! Sieh mich ab heute einfach als deinen potentiellen und persönlichen Freund an, dann brauchen wir das ganze nicht!"

Ich gab auf.

Außerdem hatte ich seinen Lümmel gerade im Mund gehabt und ein paar Spritzer geschluckt.

Nur im Swingerclub ging nichts ohne.

„Andreas? Wie ist das nachher im Club? Ohne?"

„Ohne! Ich werde nur dich besteigen! Hab ich doch gerade gesagt! Also, bleib locker!", gab er von sich.

Bestimmend drückte er mich zurück, kniete sich vor mich hin und nahm sich meine Schamlippen vor. Er zog alle Register.

Jeff war ja schon ein Ass in Bezug auf Sex, aber Andy sprengte alles.

Dann war ich soweit, was auch er verspürte. Langsam schob er sich über mich und versenkte seinen Prügel in meine Muschi.

Ich wurde vollkommen ausgefüllt und bekam, ohne das er was dazu getan hatte den ersten Orgasmus.

„Oh mein Gott! Andy! Bitte besorg es mir! Nun mach endlich! Ich halte es nicht mehr aus! Stoß zu! Jaaaa!"

Andreas fing an sich rhythmisch auf mir zu bewegen. Ich spürte, dass er irgendwo anstieß, was mir ein wenig Schmerzen bereitete. Egal! Entweder passte sich mein Loch seinem Schwanz an oder ich musste die Qual der Lust aushalten.

Ich schrie und er ritt mich ziemlich hart.

Ausdauer bewies er zudem auch noch. Ich war bereits schweißgebadet, als er sich aufbäumte und abspritzte.

„Sabrina, dass war der heißeste Ritt, den ich in und mit einer Frau hatte. Ich danke dir", keuchte er.

Mein Körper war im Ausnahmezustand.

Ich lag zitternd unter ihm und atmete heftig.

„Schon okay! Deine Ausdauer ist auch nicht ohne! Ich dachte ich explodiere, als du abgespritzt hast! Da war aber viel Druck dahinter!", lachte ich.

„Kein Wunder! Vier Jahre ohne anständigen Fick! Nur immer Handbetrieb macht auch keinen Spaß!"

„Was? Vier Jahre? Du Armer! Na dann war das ja eine richtige Erlösung für dich!"

„Das war es! Nun sei still, ich habe einiges aufzuholen oder kannst du nicht mehr!"

„Ich kann immer! Also los! Was nun?"

„Darf ich dich von hinten besteigen?"

Ich nickte.

„Ja, ich denke meine Muschi hat sich deinem Schwanz angepasst und so kannst du dich fleißig austoben! Ich hatte seit Wochen keinen Sex mehr und denke, mir tut das auch mal wieder ganz gut! Also, steig auf!"

Lachend drehte ich ihm mein Hinterteil zu und nach einigen Streicheleinheiten von seiner Seite, ging es hier auch kräftig zur Sache.

Andreas hatte hier eine besondere Technik.

Langsames Eindringen, verharren, vier fünf Stöße und wieder raus. Ich tropfte bereits und verging vor Lust.

„Nun mach endlich! Seit einer halben Stunde lässt du mich so schmoren! Ich bin feuchter als feucht!"

„Nun lass dich doch überraschen! Nicht so schnell mit den jungen Stuten! Ich schmier dir den Hintern jetzt mit Vaseline ein, damit ich nichts verletzte. Du wirst nur noch winseln Darling!"

„Gib nicht so an und mach zu", gab ich zurück.

„Okay, dann mach dich bereit! Falls ich aufhören soll, sag Bescheid. Diesen Akt hält nicht jeder durch!"

„Moment mal, ich denke du hattest keinen Sex in den letzten Jahren!", fragte ich argwöhnisch.

„In den Hintern schon, nicht ins Loch!"

„Bist du bi?", hakte ich entsetzt nach und drehte mich um.

„Nein! Weder bi noch schwul! Keine Angst! Es gab da ein paar Damen, die den Arschfick vorzogen mit dem Riesenprügel! War wohl besser auszuhalten. Nun dreh dich wieder um Sabrina und lass mich dich noch etwas verwöhnen!"

Ich zögerte.

Er griff mich einfach und drehte mich in die Position die er brauchte.

Breitflächig verrieb er die Vaseline auf mein Hinterteil und bohrte immer mit ein oder zwei Fingern darin herum.

Ich stöhnte auf.

Er lachte, hieb mir sanft auf den Po und reizte meine Brustwarzen mit seinen Fingerspitzen.

„Sabrina, ich stecke ihn dir jetzt in den Hintern. Du wirst sehen, es wird ein Hochgenuss! Bleib locker und halte still, ich erledige alles für dich! Du musst nur für dich einen Orgasmus bekommen und auskosten! Für meinen sorge ich selbst!"

Noch bevor ich etwas sagen konnte, drang er bereits in mich ein und führte sein Spielchen fort.

Ich entspannte mich.

Andreas stöhnte kurz auf und bewegte sich vorsichtig.

Während seine Eier, die auch nicht gerade klein waren, an meine Schamlippen schlugen, steigerte er nach kurzer Zeit seine Bewegungen. Irgendwie fanden wir einen gemeinsamen Rhythmus und als er meine Brüste mit seinen Händen knetete war es aus.

Unsere Körper waren nur noch eine Einheit und dann kam es uns beiden zur gleichen Zeit.

Ich spürte wie sein Samen in mein Hinterteil spritzte und hatte das Gefühl zu platzen. Wir schrieen um die Wette und jeder kostete seinen Orgasmus aus.

Andreas lag keuchend auf meinem Rücken und ich hielt mich krampfhaft an der Couchrückwand fest um zu verhindern, dass wir herunterfielen.

Er stieß noch einige Mal zu und zog sich dann aus mir zurück.

Ich stöhnte auf, drehte mich zu ihm herum und küsste ihn.

Völlig fertig lagen wir nebeneinander auf der Couch.

Es verging einige Zeit, bis er zu sprechen begann.

„Und? Hab ich dir zuviel versprochen?"

„Der Akt war echt der Hammer. Nur habe ich von dir den erneuten Fick ins Loch vermisst. Wäre sicher toll gewesen."

„Wäre es! Nur warst du so in Fahrt, dass ich dir deine Höhepunkte nicht nehmen wollte! Der Nachmittag ist ja noch lang und ich bin noch nicht befriedigt! Also?"

„Wie? Du kannst noch? Na das wird ja lustig für mich!

Ich denke heute Abend fällt der Club aus, sonst gehe ich wieder tagelang rückwärts!", gab ich zum Besten.

Andreas grinste.

„Das packst du doch locker! Was hältst du von einer kurzen Erfrischung? Dusche? Ich glaub die wirkt sich sehr positiv auf den Kreislauf aus. Ich seife dich auch an allen Stellen gut ein!"

„Na bei solchen Aussichten bin ich sofort dabei!"

Ich stand auf und zog ihn mit hoch. Lachend folgte er mir ins Bad und schob mich unter die Dusche.

„Schon mal so richtig unter der Brause durchgevögelt worden? Hast du eventuell ein paar Sexspielzeuge hier versteckt? Nun sag schon!", zwinkerte er mir zu.

„Ja, einen Vibi! Nur legt der bei Josi im Auto!"

„Was, dass ist alles? Moment bin gleich wieder hier!"

Schwupps war er verschwunden und kehrte Sekunden später mit einer Gurke zurück.

Ich starrte ihn entsetzt an.

„Nun tu nicht so! Sicher hast du es dir schon mit einer Gurke besorgt und es genossen! Die hier ist dick, recht handlich und von mit eingeführt, wirst du bald einen Höhepunkt nach dem anderen erleben! Also?"

„Gurke schon! Heute Morgen! Aber die wird heute nicht von dir da unten eingeführt!"

Ich gab ein kleines Resümee ab, was mir passiert war.

Andreas brach fast vor Lachen zusammen und konnte sich kaum beruhigen.

„Du bist echt der Knaller, Sabrina! Ich fasse es einfach nicht! Mein Kopfkino spielt gerade verrückt! Aber nun Spaß beiseite! Wenn du noch etwas längeren Genuss mit mir und meinem Freund da unten haben möchtest sollten wir Don Gurko mit einbeziehen. Keine Angst, ich bin vorsichtig und achte gut darauf, dass er nicht die Haltung verliert! Sorry!"

Andreas setzte sich auf den Duschhocker und konnte sich vor Lachen nicht mehr halten. Drohend schwang er die Gurke hoch über seinem Kopf. Angesichts der komischen Situation stimmte ich mit in sein Gelächter ein. Nachdem wir uns einigermaßen beruhigt hatten, bejahte ich die Idee.

Andreas hielt die Gurke neben seinen Prügel, nickte und eröffnete mir, dass er von der Länge passte.

„Nicht ganz so dick, aber gut für einen Fick! Ha, das reimt sich auch noch! Also, wir testen es sofort mal an. Bück dich mal du Luder und lass ihn dir probeweise einführen! Hier nimm den Hocker zum abstützen."

Er stand auf, ich gehorchte lachend, streckte ihm frech meinen Po entgegen und dann erlebte ich den besten Sex meines Lebens mit einer Gurke.

„Bin gleich wieder da! Hole nur einige Hilfsmittel!"

Andreas verschwand kurz und kam dann mit Vaseline zurück.

„Wird jetzt geil für dich! Ich werde dir abwechselnd die Gurke und meinen Pimmel in die Möse und den Po stecken. Du wirst nur noch kommen. Es geht los!"

Gerade als er anfangen wollte, schellte es an der Tür.

Ich zuckte zusammen, sah Andy überrascht an und zog die Schulter hoch.

Eilig griff ich nach meinem Bademantel.

„Bin gleich wieder da!"

Als ich die Tür öffnete, fiel ich fast aus allen Wolken. Da stand mein Ex.

Ohne Vorwarnung stürmte er in die Wohnung. Ich folgte ihm.

„Peter, was soll das! Verschwinde sofort!"

„Was sonst? Du elendes Miststück bringst mich mit deinen unverschämten Unterhaltsforderungen an den Rand des Ruins! Das lasse ich mir nicht gefallen! Ich werde dich zum Abschluss ordentlich durchficken, damit du weißt, was du verloren hast! Ich habe dich in den letzten Wochen beschatten lassen! Es dürfte dir nichts ausmachen von mir gevögelt zu werden! Von anderen gefällt es dir auch! Ich sag nur ein Wort, Swingerclub! Komm her, du verdammte Bitch!"

Schon eilte er auf mich zu. Ich wich zurück und da riss er mir den Bademantel weg.

„Übrigens geile Frisur und nun komm! Noch bist du mit mir verheiratet und ich hab gerade Bock auf dich!"

Peter schleifte mich ins Schlafzimmer und warf mich aufs Bett.

Im Hintergrund sah ich Andreas.

Er hatte alles mitbekommen und wollte mir zur Hilfe eilen.

Ich schüttelte den Kopf.

Er verstand und zog sich diskret zurück.

Peter kleidete sich inzwischen aus und dann stürzte er sich auf mich.

„So und nun zu uns! Mach deine Beine breit, damit ich es dir ordentlich besorgen kann!"

Ich gehorchte und grinste in mich hinein.

Warum nicht! Sollte er seinen Willen haben und seinen letzten Fick mit mir genießen! Ich war gerade scharf wie Nachbars Lumpi!

Außer der üblichen Missionarsstellung würde sowieso nichts Weltbewegendes beim Sex passieren.

„Peter du brauchst mich nicht mit Gewalt nehmen, ich denke ich habe die kleine Strafe verdient! Vögel mich durch! Ich habe noch etwas Zeit, bis Josefine kommt! Also, leg los!", feuerte ich ihn an.

Diesmal hatte ich die Rechnung ohne ihn gemacht. Er hatte dazu gelernt und zog alle Register.

Zuerst verpasste er mir einen heißen Ritt in seiner so

beliebten Missionarsstellung. Danach musste ich ihn lecken, lutschen und massieren, bis er wieder stand, wie eine Eins. Er drückte meinen Kopf so fest nach unten, dass ich bald daran erstickte. Während ich noch vor mich hinwürgte, gab er preis, dass er eine Viagra zu sich genommen hatte und diese bereits zu wirken begann.

„Du wirst heute zum letzten Mal so von mir gefickt, das du dich lange nach meinem Schwanz sehnst und dir wünschen würdest, mich nie verlassen zu haben!"

Ich stöhnte erschrocken auf und dachte an Andy.

„Dreh dich um!", kam der Befehl.

Ich gehorchte und dann spürte ich ihn wieder in mir. Gnadenlos stieß er zu, zwirbelte meine Brustwarzen, schlug mir dabei abwechselnd auf die Pobacken und dann kam es mir, obwohl ich versucht hatte, es mit Gewalt zu unterdrücken.

„Jaaaaaa…..schrei du nur! Und weiter geht es im Takt! Du wirst mich um Gnade anflehen, damit ich aufhöre! So einfach kommst du mir heute nicht davon!"

Peter hatte wie von Zauberhand, eine Tube Gleitmittel parat und schmierte mir den Hintern damit ein. Bevor ich reagieren konnte, schob er mir seinen Schwengel in den Hintern.

Ich schrie auf, als er sich keuchend und grunzend in mir bewegte.

„Los beweg deinen Arsch! Oh, ist das geil!", feuerte er sich selbst dabei an.

Und dann kam es ihm.

Explosionsartig ergoss er alles in mich.

„Du Miststück hast wohl gedacht, ich hab all die Jahre nicht bemerkt, dass du mich für absolut unfähig beim Sex gehalten hast! Ich habe dazu gelernt! Leg dich auf den Rücken!"

Langsam fand ich alles nicht mehr lustig.

„Peter, es reicht du hattest deinen Spaß! Außerdem habe ich Besuch und du hast uns bei dem gestört, was du gerade mit mir treibst! Lass es gut sein und geh!"

„Dein Liebhaber kann doch mitmachen! Da wirst du wenigstens mal richtig befriedigt! Mir liegt nichts mehr an dir. Ich wollte dir nur einen Denkzettel verpassen! Wo ist dein Galan? Hallo, Mister Unbekannt? Es darf mitgespielt werden! Flotter Dreier?"

Andreas erschien im Hintergrund.

„Sabrina, wenn du erlaubst, dann würde ich gerne bei diesem Spielchen mitwirken!"

Schon gesellte er sich zu uns.

Toll!

Dreckskerle!

Wenn der Schwanz juckt, gibt das Hirn auf!

Ich plusterte meine Backen auf.

„Darf ich vorstellen....Peter das ist Andreas! Andreas, dass ist mein Ex, Peter! So und wie hättet ihr es denn nun gerne?"

Beide Kerle beratschlagten kurz.

„Sabrina, bleib liegen und lass dich nehmen, wie wir es möchten."

„Ohne Sachen, die ich nicht will! Ist das klar!"

Beide nickten und dann ging es los.

Peter öffnete meine Beine, legte seinen Kopf zwischen meine Schamlippen und bearbeitete alles, was sich im unteren Bereich befand.

Ich schmolz dahin.

Andreas nahm sich die obere Region ab den Brüsten vor.

Ab und zu wechselten sich die beiden ab, steckten ihre Schwänze ich sämtliche Öffnungen und spritzten wild durch die Gegend. Soviel Höhepunkte wie an diesem

Tag, hatte ich in meinem ganzen Leben noch nie. Ich war regelrecht nass geschwitzt und keuchte nur noch vor mich hin.

Peters Viagratrip ließ endlich nach und so kam auch ich etwas zur Ruhe.

Andreas beschäftigte sich weiterhin mit meinem Po, von dem er nicht genug bekommen konnte.

Ich blickte auf die Uhr.

Noch eine Stunde und dann kamen die Mädels.

Duschen musste ich auch noch und mir tat alles weh.

Große Lust in den Swingerclub zu gehen, hatte ich nicht mehr.

So erklärte ich es auch den beiden Männern.

„Andreas, nun hör endlich auf an meinem Hintern zu spielen! Außerdem wolltest du paar Kumpels anrufen, wegen dem Club! Ich habe keine Lust mehr darauf! Es tut mir alles weh! Was sag ich jetzt Josi und Molly?"

„Ganz einfach! Wir bleiben hier! Ich besorg die Jungs und etwas zu trinken! Lass uns hier abfeiern!"

Die Idee war gar nicht so schlecht und ich stimmte zu.

Peter verzog sich, denn er konnte Josi nicht leiden. Er bedankte sich noch einmal für den guten Sex, den er in all den Jahren mit mir so nicht gehabt hatte.

Andreas griff zum Handy orderte seine Kumpels, die mit so einer geilen Aktion sofort einverstanden waren und drückte ihnen gleich den Kauf von Alkohol aufs Auge.

„So Süße, der Abend ist gesichert! Meine Fresse war das geil! Ich kann immer noch! Komm! Ab in die Dusche!"

„Duschen ja, nichts anderes! Ihr Schweine habt mich von oben bis unten eingewichst! Alles klebt und picht! Hoffentlich halte ich das heute Abend durch!", gab ich von mir.

Andy klatschte mir auf den Po.

„Geiles Stück! Du wirst es durchhalten! Josefine und Molly sind ja auch noch da! Das wird ein Spaß werden! Aber jetzt unter die Dusche!"

Nur beim abduschen blieb es nicht.

Andreas verpasste mir noch eine heftige Spritze vor dem Showdown und warf eine Viagra ein.

„Die hat mir Peter dagelassen und das war gut so! Der letzte Schuss, hat mich an meine Grenzen gebracht!"

Ich lachte.

„Tja, wir Frauen können immer und das ist gut so!"

Ich pimpte mich gründlich auf und dann war es auch schon so weit.

Es klingelte.

Molly und Josefine waren superpünktlich und hatten noch zwei weitere Freundinnen mitgebracht.

Ich erklärte, warum es eine kurzfristige Planänderung gab und alle waren begeistert. Den Neuzugängen war das sogar mehr als recht, da sie noch keine Erfahrung mit Clubs dieser Art hatten. Hier bei mir, war es doch etwas anonymer.

Super! Somit war das auch geklärt!

Es klingelte erneut und Andreas Freunde kamen mit großem Hallo hereingestürmt. Auch sie hatten noch ein paar Kumpels mitgebracht.

Zehn Leute insgesamt zählte ich.

Nun ging die Musterung der Raubtiere los.

Die Chemie passte und somit war der Gangbangabend eröffnet.

Wir verzogen uns alle in mein riesiges Wohnzimmer.

Andreas und ich hatten im Vorfeld für eine gemütliche Spielwiese gesorgt.

Kurze Zeit später ging es los.

Josefine hatte zwei Kerle im Schlepptau.

Molly drei.

Ich staunte nicht schlecht.

Die anderen Mädels verzogen sich mit jeweils einem der Typen in die umliegenden Räume.

Der Rest fixierte sich auf mich.

Mir schwante nichts Gutes.

Das artete mehr als nur in Arbeit aus.

Andreas lachte nur und verteilte reichlich Alkohol.

Im Moment konnte ich die Kerle dank ihm, noch auf Distanz halten.

Das sollte sich bald ändern.

Aus den anderen Zimmern hörte man spitze Schreie und lautes Stöhnen.

Josefine gab mal wieder ihr Bestes.

Molly kreischte und feuerte die Jungs an, ihr es heftig zu geben.

Ich musste mir ein Lachen verbeißen und sah in die Runde, wo die anderen bereits unruhig wurden.

Hier herrschte absoluter sexueller Notstand.

Na, dem konnte abgeholfen werden.

Ich winkte Andy zu mir.

„Du sorgst für Musik und ich für einen klassischen Strip! Ich denke dann werden deine Kumpels eh alle über mich herfallen!"

„Willst du das denn?"

„Ich werde es überleben. Falls du Lust auf die anderen Mädels hast, tu dir keinen Zwang an. Du musst auf mich keine Rücksicht nehmen. Wie ich sehe, spannt deine Hose auch schon wieder. Also, ran an den Speck und viel Spaß!", gab ich von mir.

„Moment, so haben wir aber nicht gewettet. Es hieß alle zum Gangbang. Alle heißt alle! Hier haben sich einige abgesondert und das geht nicht!"

Andy erhob sich, schritt die Zimmer ab und scheuchte

den Rest der Meute ins Wohnzimmer.

„Also, so geht das nicht! Sabrina kann nicht den Rest der Jungs hier befriedigen! Mädels ihr seid nicht nur zu eurem privaten Vergnügen hier! Die Burschen wollen alle mal drüber! Über jede von euch! Also Beine breit und durch!"

Alles lachte und dann wurde die Spielwiese belegt.

Der Alkohol floss und es kam Regung in die Gruppe.

Ich dämmte das Licht, legte Schmusesongs auf und schon wurde ich von einem der Typen gepackt.

Sanft berührte er meine Brüste und küsste mich. Ich kam in Fahrt und befingerte seinen Slip.

Nicht schlecht, aber noch lange nicht so gut wie Andy.

Mein Blick glitt durch den Raum und da sah ich ihn, wie er mit einer Freundin von Molly zu Gange war.

Ein leichter Anflug von Eifersucht streifte mich, der aber schnell verging.

Ich stöhnte auf, als Andys Freund ohne Vorwarnung in mich eindrang und sein Recht forderte. Mit heftigen Stößen und kleinen Bissen in meine Brüste, bescherte er mir den ersten Orgasmus. Ich krallte mich in seinen Rücken und keuchte vor Wonne.

„Wow, bist du eine geile Schnitte! Wie weit darf ich bei dir gehen? Sextechnisch, meine ich?", fragte er und stieß erneut zu.

„Du kannst mit mir außer den in Mode gekommenen Abartigkeiten, sowie Natursekt- und Kaviarspielchen alles tun. Jaaa…..tiefer….stoss zu!", feuerte ich ihn an.

Er gab sein Bestes und bevor es ihm kam, zog er sich aus mir zurück.

Inzwischen hörte ich Andreas Fickgefährtin schreien und ihn von sich stoßen. Ich grinste vor mich hin und dachte, dass er wohl eine Nummer zu groß für sie war.

Andy erhob sich, eilte auf meinen Partner zu und sagte

ihm was ins Ohr. Der grinste, zwinkerte mir zu und im Nu, wurden die Plätze getauscht.

Andreas legte sich zu mir.

Schnell entfernte er das benutzte Kondom und fing sofort an mich zu befingern.

„Na du Held! Bist wohl nicht so kompatibel mit ihrer Dose gewesen!"

„War auch gut so! Ich bekam wegen des Gummis ja eh keinen richtigen Ständer! Die stellte sich vielleicht blöde an! Der muss man noch beibringen, wie man richtig fickt! Jetzt hab ich dich wieder und nun geht's rund! Erst in Po und dann in Mund!"

Ich lachte und knuffte ihn in die Seite.

„Und? Sprich! Hat der Kollega bei dir gute Vorarbeit geleistet? Scheint so!", stellte er fest.

„Na, an dich kommt er nicht ran! War aber okay! Der hat es auch drauf! Deine Madam scheint zufrieden zu sein!"

Ich deutete in die Richtung der beiden, die mehr als intensiv zu Gange waren.

Aus allen Ecken ertönte nun Stöhnen und Keuchen.

Hier ging die Post ab.

Andreas legte sich neben mich und befummelte meine Warzen, die in Nullkommanichts steif wurden. Als er dann auch noch daran zuzelte wie ein Säugling, war es mit meiner Beherrschung vorbei. Ich öffnete meine Beine und hoffte auf Erlösung. Weit gefehlt! Aus den Augenwinkeln sah ich, wie er zwei seiner Bekannten zu sich winkte.

„Darf ich vorstellen Jungs…. Sabrina! Sabrina das sind Jamal und Steve! Jamal ist beschnitten. Steve hat auch ein ziemlich großes Rohr. Wir würden dir gerne unter der Dusche einen heißen Ritt verpassen. Hast du Lust? Falls nicht, werden wir es dir hier besorgen", hakte er nach.

Ich sah mir die beiden genau an.

„Gutes Material, da kann man mit arbeiten! Was haltet ihr davon, wenn ich euch erstmal anteste und danach mit euch in die Dusche verschwinde?"

Die Beiden grinsten sich an.

„Nun, ob du danach noch fähig bist, bezweifeln wir", konterte Jamal.

„Lassen wir es darauf ankommen", gab ich zurück.

Sie lachten und schon fielen sie über mich her.

Jamal setzte sich an meine Kopfseite, Steve übernahm Brust und Bauch. Andreas den Rest.

Jamal küsste zärtlich meine Stirn, Augen, Nase und die Ohrläppchen. Seine Lippen waren extrem weich und als er mich intensiv küsste und sich an meiner Zunge festsog, fing Steve mit seinen Streicheleinheiten an.

Er umfasste meine prallen Brüste, massierte sie sehr sanft, umkreiste dann mit seinen Daumen die bereits steifen Warzen, bevor er sie in den Mund nahm und mit der Zunge bearbeitete. Ich stöhnte auf, soweit es das Geknutsche von Jamal zuließ.

Ich war mir sicher, wenn die drei so weitermachten, dass ich meine gute Kinderstube vergaß.

„So Sabrina und nun lernst du fliegen, denn jetzt bin ich am Zug!", gab Andy von sich.

Langsam fing er an meine Schamlippen zu lecken und mit seinen Zähnen daran zu ziehen. Seine Zunge war genauso flink, wie die der anderen Kerle und suchte sich gezielt einen Weg zu meinem G-Punkt.

Kurze Zeit später hatte ich einen Megaorgasmus, der die bisherigen völlig fade erscheinen ließ.

Die Kerle machten weiter.

Jamal steckte mir seinen Schwanz in den Mund.

„Sabrina poliere mir das Ding mal so richtig, der hat es

nötig."

Ich nickte und lutschte und sog, was das Zeug hielt.

Kurz bevor Jamal kam, zog er ihn wieder heraus.

„Den Rest hebe ich mir für deine warme Muschi auf. Ich freu mich schon, wenn ich in dich dringen und es dir so richtig besorgen darf. So und jetzt macht Steve weiter."

Jamal verschwand und Steve erschien kurz darauf in meinem Blickfeld. Sein Teil stand wie eine Eins und er versenkte ihn mir in den Mund.

Er erhielt die gleiche Behandlung wie Jamal.

Inzwischen arbeitete Andreas, da unten fleißig an mir und ich musste mich beherrschen, dass ich nicht aus Versehen auf Steves Pimmel biss. Als er merkte, was in mir vorging, zog er ihn lachend heraus.

„Stopp, den brauch ich noch für nachher! Jamal wir gehen erstmal was trinken. Viel Spaß ihr zwei!"

Beide verschwanden und nun hatte ich Andreas für mich.

„So Püppi und nun mach dich auf etwas gefasst! Dreh dich um!"

Ich seufzte und stöhnte laut auf, als er in mich drang.

Vorsichtig bewegte er sich vor und zurück, was mir ein extremes Lustgefühl verschaffte.

„Sabrina, würdest du dich auf mich setzen. Dazu sind wir heute noch nicht gekommen. Ich möchte, dass du mich reitest", flüsterte er mir zärtlich ins Ohr.

Vorerst blieb ich ihm die Antwort schuldig und nickte nur. Mir kam es gerade und ich genoss.

Andreas bemerkte, wie sich meine Lust steigerte und seine Stöße wurden intensiver.

„Hör auf! Warte!"

Ich verlagerte mich und reckte ihm meinen Hintern entgegen, damit er noch tiefer eindringen konnte. Er verstand, schob ihn vorsichtig ein und legte nach ein paar gezielten Stößen nun richtig los. Ab und zu schrie ich kurz vor Schmerz auf, aber das war mir egal. Ich wollte, dass er alles gab.

„Sabrina ich muss raus, sonst spritz ich ab!"

„Nein, du bleibst! Gib es mir, bis es dir kommt! Du hast doch eine Viagra eingeworfen, so schnell machst du heute nicht schlapp! Ohhh mein Gott.....jaaaa!"

„Gut du hast es so gewollt!", gab er keuchend von sich und bearbeitete mich schneller.

Wir kamen beide und dann spürte ich, wie sein Saft in mich pulsierte. Zuckend gab sein Schaft alles von sich. Ich zitterte vor Erregung und gab einen enttäuschten Laut von mir, als er sich langsam aus mir zurückzog. Erschöpft rollte er zur Seite und zog mich mit sich.

Bevor ich einen Satz mit im plaudern konnte, gesellten sich Jamal und Steve an unsere Seite.

„Wir übernehmen jetzt Kumpel! Sabrina wird heute nicht zur Ruhe kommen! Wer darf zuerst und wohin?"

Ich wählte Jamal, denn einen beschnittenen hatte ich noch nicht beim Sex. Angeblich konnten sie besonders lange. Nun da war ich mal gespannt, ob die beiden Andy übertrumpfen konnten.

„Ich würde mich gerne über dich setzen, Jamal. Ist das okay für dich?", fragte ich nach.

„Klaro! Eine meiner Spezialitäten! Schwing dich drauf und zeigs mir!"

Ich nahm seinen Schwengel in die Hand und fing an ihn ganz langsam zu bearbeiten.

Jamal stöhnte nach kurzer Zeit und dann war sein Teil so prall wie bereits gehabt.

Ich setzte mich über ihn, öffnete meine Schamlippen und ließ ihn ganz vorsichtig eindringen. Aufstöhnend schloss ich meine Augen, als er mich ausfüllte. Jamal fing an meine Brüste zu bearbeiten und nach kurzer Zeit war es mit meiner Beherrschung vorbei. Meine Bewegungen wurden schneller und ich war nicht mehr zu halten. Jamal feuerte mich an. Er war so scharf, dass es ihm eher kam, wie beabsichtigt. Aufbäumend reckte er sich mir entgegen und spritzte seinen Saft in mich. Auch hier verspürte ich, wie er pulsierend den Rest von sich gab.

„Boah, du geiles Biest! Schade, dass ich mein Pulver verschossen habe und nicht länger halten konnte. Kein Wunder! Du bist heiß wie ein Vulkan und das hält kein Schwanz aus! Da muss man vorzeitig abspritzen. Ich könnte es mit dir und in dir, die ganze Nacht treiben." Steve schob ihn zur Seite.

„Jetzt bin ich dran und das kann dauern!", gab er von sich.

Ich lachte.

Steve fackelte nicht lange, denn er hatte seinen Freund bereits mit der Hand auf Vordermann gebracht, als Jamal mich flach gelegt hatte. Er beugte sich über mich, drückte meine Beine fordernd mit seinen auseinander und kam ohne viel Palaver sofort zur Sache. Auch er bescherte mir mehr als Genuss und die nötige Ausdauer brachte er außerdem mit. Ich wand mich unter ihm, während er in Abständen kurz zustieß und mich schmoren ließ. Irgendwann zog er meine Beine über seine Schultern und quälte mich mit langsamen aber gleichmäßigen Stößen. Jedes Mal kurz bevor ich kam, hörte er auf, hielt inne und machte dann weiter.

„Steve! Entweder fickst du mich jetzt anständig durch oder lässt es bleiben! Ich halt es nicht mehr aus"!, gab ich wütend von mir.

„Okay Baby! Jetzt geht die Post ab!", konterte er.

Und sie ging ab.

Steve bearbeitete mich ohne Pause, geschlagene zehn Minuten lang. Bei jedem Stoss, hatte ich das Gefühl, sein Schwanz wurde härter. Ich keuchte, schrie und wand mich.

Inzwischen hatten sich alle Anwesenden als Zuschauer um uns versammelt und feuerten Steve an.

Endlich kam es auch ihm.

Als er sich aus mir entfernte, blieb ich völlig erschöpft liegen.

Andreas kniete sich zu mir und grinste.

„Na? Genug oder reicht es noch für das angekündigte Spiel unter der Dusche?"

„Es geht gleich weiter! Du wirst doch nicht denken, dass ich aufgebe! Ich hätte allerdings gerne ein Wasser zum Trinken!"

Er erhob sich und kam nach wenigen Sekunden mit einem gekühlten Getränk zurück. Dankend nahm ich das Glas entgegen und leerte es mit einem Zug.

Molly und Josi gesellten sich zu mir.

„Sabrina, der heutige Abend ist besser als im Swinger. Die Kerle sind geil, jung, haben mächtige Knüppel und sind so was von spritzig", gab Josi von sich.

Molly lachte.

„Ja, im wahrsten Sinne spritzig. Ich hatte noch nie so viel Spaß beim Sex. Wir machen das doch jetzt öfters! Oder?"

Ich nickte.

„Kein Problem! Da sparen wir uns den Eintritt für den Club! Essen können wir selbst zubereiten. Bin ich froh, dass ich ein Haus besitze und auf keinen der Nachbarn Rücksicht nehmen muss. Wollen wir zum Spielen in den Keller? Die Jungs wissen nicht, dass dort ein Pool und eine Sauna auf sie warten", gab ich von mir.

Die Mädels lachten.

„Jupp! Erst machen wir sie heiß und dann kühlen wir sie ab! Geil! Sag mal Josi? Ist das verbotene Zimmer mit diversem Spielzeug eigentlich noch da? Du weißt, was ich meine!", fragte sie augenzwinkernd nach.

„Ja! Noch nicht ganz fertig, aber benutzbar! Vielleicht hat der eine oder andere Kerl, Lust auf einen Trip in die SM-Szene", grinste ich vor mich hin.

„Na dann mal los!"

Ich klatschte in die Hände, wartete, bis mir alle ihr Gehör schenkten und rückte mit der Sprache raus.

Alle waren begeistert und konnten es kaum erwarten.

Gemeinsam verschwanden wir in den Keller, wo der Pool sofort in Beschlag genommen wurde.

„Supi! Mensch Sabrina, zum Glück ist dein Alter nicht mehr vor Ort. Wir werden jede Menge Geld sparen!", meinte Josi.

„Na ja, der hat mir heute einen Besuch abgestattet und es mir zum Abschluss noch mal anständig besorgt. Mit Andy zusammen, wohlgemerkt."

„Waaas? Spinnst du? Pfui, schäm dich!", gab Josi von sich und bog sich vor Lachen.

„Boah! Sabrina! Sex mit dem Ex ist tabu!", ergänzte Molly grinsend.

„Ja schon! Geil war es trotzdem!", gab ich zu.

Schnell erzählte ich den Mädels was abgegangen war.

Als ich das Thema Viagra erwähnte horchten sie auf.

„Ich habe eine Idee! Wir verpassen den Kerlen diese kleine Wunderpille! Sie sind zwar potent, aufgrund des Alters, aber irgendwann haben sie auch einen kleinen Durchhänger. Da müssen wir doch vorsorgen? Oder?"

Josefine stand auf und wandte sich an unsere mehr als potentielle *Kundschaft*.

„Mädels! Was haltet ihr davon, wenn wir unsere Jungs zu dauerhaftem Ständer verhelfen? Viagra? Da kommt Freude auf und wir können uns die ganze Nacht mal so richtig durchvögeln lassen, bis wir wund sind! Wer ist dafür?", fragte Josefine in die Runde.

Die Mädels waren begeistert, einige der Herren etwas argwöhnisch.

Andy gesellte sich zu mir.

„Gute Idee! Ich hatte heute Nachmittag bereits einige heiße Ritte mit Sabrina. Diese Wunderpille ist der Kick und ich kann immer noch. Also, ich kann dieser Idee nur zustimmen. Muss aber jeder selbst entscheiden, ob er das möchte. Ein paar Pillen hab ich noch übrig und wer nicht will, braucht die Dinger nicht nehmen", gab Andy von sich.

Es wurde über die Nebenwirkungen dieser potenten Pille diskutiert und nach kurzer Zeit, warfen sich ein paar der Typen das Zeug ein.

Der Rest der Mädels freute sich.

„Hach, dass wird heute für mich ein geiler Abend! Ich muss euch was gestehen! Ich bin Nymphomanin und bis jetzt hat mich noch kein Kerl so richtig befriedigen können. Da habe ich heute gute Chancen, mal richtig zu kommen. Meine Muschi freut sich jetzt schon. Ich bin übrigens Klara!"

Alle lachten.

„Na, dann komm gleich mit in die Sauna. Ich hab auch das Problem, mich richtig austoben zu können. Wir tauschen uns sexuell aus und dann kann es richtig rund gehen. Ich bin Leo, wie Löwe und mein Schweif brennt bereits", gab er zum Besten.

Alles bog sich vor Lachen nach dieser Ansage.

Die beiden winkten uns zu und verschwanden schnell Richtung Sauna.

Ein paar der Damen wollten wissen, ob sie anhand der potentiellen Aussichten, noch jeweils eine Freundin zu dieser Orgie einladen durften.

Ich nickte.

„Ja, macht mal. Im Moment haben wir sowieso einen enormen Überschuss an Kerlen. Da kommt jeder zu seinem Recht und in den Genuss eines geilen Rittes."

Kurz darauf, wurde eifrig auf dem Handy geschrieben und angerufen.

Nachschub folgte.

Inzwischen kühlte sich der größte Teil im Pool ab und ich bekam noch die eine oder andere Spritze verpasst.

Nach kurzer Zeit traf das Frischfleisch ein und schon kam Bewegung in die Runde.

Andy krallte sich eine Rothaarige und verschwand mit ihr in das spezielle Zimmer.

Kurze Zeit später hörten wir sie lautstark stöhnen und ihn mit obszönen Worten anfeuern.

Ich grinste, schnappte mir ebenfalls einen Partner und dann ging es zur Sache.

Aus sämtlichen Räumlichkeiten, drangen Lustschreie der Verzückung.

Mein Galan besorgte es mir drei Mal und bat dann um eine kleine Pause.

Ich stand auf und verschwand in den Pool.

Meine Muschi brannte bereits wie Feuer und ich hatte das Gefühl, dass sie komplett wundgescheuert war. Aber befriedigt war ich trotzdem noch nicht richtig.

Sollte ich auch eine Nymphomanin sein und es noch nicht realisiert haben?

Nein!

Ich brauchte es einfach mal so richtig!

Herrlich!

Das kalte Wasser verschaffte mir in Nullkommanichts

in der unteren Region Erleichterung.

Ich schwamm einige Runden, als sich Andreas zu mir gesellte.

„Bist du sauer, weil ich mit der Rothaarigen gevögelt habe?", fragte er nach und drängte mich bestimmend an den Beckenrand.

Ich grinste.

„Nein, warum sollte ich. Es steht jedem frei, mit wem er bumsen möchte. Ich hoffe, du kamst so richtig zum Schuss!"

„Na ja, ich kam schon, aber sie war mir ehrlich gesagt zu fade. Einfach hinlegen Beine breit und warten bis abgespritzt wird, ist auch nicht so das Ideale."

„Also, ich hatte eher den Verdacht, so wie die gebrüllt hat, dass es euch beide gefallen hat!"

„Ja! Sie saß später auf mir und hatte schon, bevor ich sie richtig durchgebürstet habe, einen Orgasmus. Sehr eng gebaut die Gute, aber äußerst empfindlich. Mit dir ist das irgendwie effektiver und deshalb möchte ich dich hier und sofort ficken. Dreh dich um, damit ich es dir richtig geben kann."

„Nun, dann gib es mir, du Hengst!"

Ich machte was er verlangte, hielt mich am Rand fest und reckte ihm frech mein Hinterteil entgegen.

Andy lachte, griff nach mir und schob mich sanft, aber bestimmend an den Rand zurück.

Sekunden später presste er seinen heißen Körper an meinen und ich konnte sein extrem erigiertes Teil an meinem Po spüren.

Ich stöhnte.

Er schob mir fordernd eine seiner Hände zwischen die Beine und zupfte an meinen Schamlippen. Ich drängte mich näher an ihn und dann steckte er mir zwei seiner Finger in die Muschi. Gleichzeitig stimulierte er mit der anderen Hand abwechselnd meine Brustwarzen. Ich lehnte meinen Kopf an seinen Brustkorb, genoss, schmolz dahin und dann kam es mir.

„Sabrina, reck mir deinen Po entgegen, damit ich von hinten eindringen kann. Ich bin schon wieder mehr als schussbereit. Lass mich dich verwöhnen. Komm!"

Ich tat wie mir geheißen und er stieß gezielt zu. Sein Teil versank in mir.

Aufstöhnend und mit gleichmäßigen Stößen kam er zur Sache.

„Tolle Sache, so ein eigener Swimmingpool im Hause! Da flutscht es Dank des Wassers besser. Ohhh...halt still, sonst kommt es mir zu früh. Die Rothaarige ist echt ein Scheißdreck gegen dich. Mein Gott, ist deine Möse heiß! Ich verbrenne fast. Wenn ich fertig bin mit dir, setzt du dich auf den Beckenrand und ich werde es dir mit meiner Zunge besorgen. Beweg dich jetzt ein klein wenig mit. Ohhhh jaaaaa! Stopp!"

Ich richtete mich nach seinen Wünschen und sah aus den Augenwinkeln, dass sich ein weiterer potenzieller Typ näherte. Unaufgefordert legte er sich ganz nah an den Rand und forderte mich auf, ihm kräftig einen zu blasen.

„Ich bin übrigens Chris!", stellte er sich vor.

Nickend nahm ich sein Ding in den Mund und sog und lutschte ihn heftig. Er griff mir ins Haar und zog Sekunden später meinen Kopf zurück.

„Nicht so schnell, sonst spritze ich vorher schon ab! Endlich mal jemand, der richtig blasen kann. Tut das gut! Man merkt eben doch, dass ältere Frauen genau wissen, was wir Jungs brauchen. So, nun darfst du ihn wieder in den Mund nehmen. Bitte ganz vorsichtig. Oh jaaa......das ist okay so. Wenn dein Freund mit dir fertig ist, besorg ich es dir kräftig. Ja, mach weiter so!"

Während ich es Chris besorgte, wurde ich von Andy heftig hergenommen.

Ich stöhnte und lutschte zur gleichen Zeit.

Andy zwirbelte meine Brustwarzen und stieß immer schneller werdend zu.

Ich gab mein Bestes.

Chris entfernte sein Ding aus meinem Mund.

Nun konnte ich endlich ungehemmt loslegen.

Keuchend und schreiend kam ich zum Höhepunkt.

Andy verkrallte sich in meine Haare und dann kam es ihm. Pulsierend ergoss sich sein Samen in mich.

„Sabrina! Ich werde gleich verrückt! Du bist echt der Hammer! Ich möchte meinen Schwanz gar nicht mehr aus dir ziehen! Warte, noch zwei Stöße und dann hab ich mich völlig entleert und verausgabt! Ich gebe dich dann für Chris frei und schaue dabei zu, wie er es dir besorgt! Lecken kann ich immer noch! Jetzt! Jaaaaaa!"

Andy zog sich ganz langsam aus mir zurück, während Chris sich startbereit machte. Ich konnte gar nicht so schnell reagieren, als er bereits in mich versank und da weiter machte, wo Andy aufgehört hatte.

Keuchend kamen wir gleichzeitig zum Orgasmus und auch hier pulsierte der kostbare Saft ungebremst in meine Möse.

Ich blickte in die Richtung, wo Andy es sich auf einem Liegestuhl gemütlich gemacht hatte und uns grinsend zusah. Zwinkernd nahm er seinen Pimmel in die Hand und machte sich wieder fit für die nächste Runde. Ich kam erneut und wurde von Chris herumgedreht. Mit einer geschickten Bewegung drückte er mich an den Rand, zog meine Beine hoch und schon fand er seinen Weg erneut in meine Muschi.

„Ja, so ist es gut! Bleib! Halt dich jetzt fest, denn nun wirst du von mir bis zur Bewusstlosigkeit gefickt! Bist du bereit?", fragte er mich.

Ich nickte und schon rammelte er los, wie ein Irrer.

Mir blieb nach kurzer Zeit die Luft weg, so intensiv besorgte er es mir. Ich schrie und stöhnte. Er grinste und begann mich zu küssen. Dazwischen bearbeitete er meine Brüste.

Ich verging vor Lust.

Chris schien ein guter Beobachter zu sein.

Er wusste genau wo meine erogenen Zonen lagen und setzte dort gezielt an.

Zärtlich knabberte und sog er an meinen Ohrläppchen und Brustwarzen. Dann kam auch er.

Mich fest umklammernd, spritzte er in mich ab.

„Oh Baby, das war einer meiner besten Ficks! Falls ich zu später Stunde noch kann, werde ich dich noch Mal so richtig hernehmen!"

„Gerne, mein standhafter Zinnsoldat!"

„So, jetzt werde ich mal diese kleine Nymphe suchen und es ihr ordentlich geben, damit sie genug hat. Also, ich muss schon sagen Andreas, das Viagra bewirkt echt Wunder! Sehe euch später!"

Elegant schwang er sich aus dem Pool, winkte mir zu und verschwand in die anderen Räume.

Ich grinste Andy an.

„Sabrina, du bist ein geiles Luder! Es hat richtig Spaß gemacht, euch beiden beim Ficken zu beobachten! Gleich geht es weiter!", versprach er.

„Mach mal ein bisschen langsam! Mir tut es da unten gehörig weh. Ich nehme mir mal ne Auszeit und drehe in den verschiedenen Räumen eine Runde. Bis gleich!"

Ich zwinkerte und machte mich auf den Weg in die Sauna. Dort traf ich auf Leo und Klara, die von ihm so richtig hergenommen wurde.

Na, da konnte Chris noch lange suchen, denn sie war

gut versorgt.

Sie hielt sich vorn übergebeugt am oberen Holzsitz fest und reckte ihm keck den Hintern entgegen. Leo fingerte an diesem herum und führte ihr gerade einen brummenden Dildo in Miniformat in den Po ein.

Sie stöhnte und keuchte, als er das Teil vor und zurück schob. Dieser Anblick machte mich extrem scharf und dann hatte ich eine Idee.

Ich konnte nicht widerstehen, näherte mich Leo, ging in die Knie und nahm mir seinen Schwanz vor.

Er zuckte leicht zusammen, grinste mich erstaunt an und dann nickte er.

Ich gab mein Bestes, während er es Klara mit dem Vibi besorgte. Kurze Zeit später, stand sein Ding wie eine Eins. Ich nahm ihn aus dem Mund. Leo entfernte den Dildo aus Klaras Hintern, zögerte nicht lange und versenkte seinen Pimmel in ihre Möse. Sie schrie auf und dann ging es ordentlich zur Sache. Er ließ sich viel Zeit dabei und hatte einige spezielle Sexpraktiken drauf.

Mir wurde beim Zusehen schon heiß.

Also, wenn Klara da nicht befriedigt wurde, verstand ich die Welt nicht mehr.

Inzwischen hatten wir Besuch bekommen.

Einer der Kerle, die ich noch nicht kannte, hatte sich zu uns gesellt und spielte beim Anblick dieses Aktes sehr intensiv an sich herum. Nach wenigen Sekunden stand sein Ding.

Mein Gott, war das ein Brummer!

Ich bekam riesige Augen!

Sehr lang und sehr dick!

Heftiger als bei Andreas!

Diejenige oder Derjenige, die dieses Monstrum dann verabreicht bekam, hatte ganz schön zu knabbern.

Ich hatte im Laufe des Abends festgestellt, dass sich unter den Anwesenden auch Bisexuelle befanden, was eine äußerst interessante Sache werden könnte.

Mein Gegenüber hatte meinen Blick bemerkt und kam auf mich zu.

„Na du? Lust auf diesen Prügel? Ich denke du kannst das vertragen! Andy hat ja auch so einen großen!"

„Groß ja, aber nicht so dick! Da bekommt Frau echt Bedenken, dass sie, wenn du abspritzt, platzt!"

Er lachte.

„Bis jetzt hat es jede überlebt! Willst du nun oder soll ich erstmal Klara fragen? Die Nymphen sind immer sehr begeistert!"

Klara hatte das Gespräch mitbekommen und drehte ihren Kopf in unsere Richtung.

„Jaaaaa! Ja! Bitte erst mir den Prügel verabreichen! Leo kommt gerade und ich bin noch nicht satt! Steck in mir rein und fick mich ordentlich! Ohhhh, ich komme mit Leo gleichzeitig!"

Leo stieß noch einige Male zu und zog sich zurück.

Inzwischen hatte sich der Neue startbereit gemacht und nahm den Platz von Leo ein. Klara schrie auf, als er in sie drang und wimmerte bei jedem Stoß, den er ihr verabreichte. Sie wandte sich wie eine Schlange und feuerte ihn an.

„Na toll! Ich dachte ja immer, mein Schwanz sei schon etwas außergewöhnliches, aber der übertrifft wirklich alles! Klara scheint das auch noch zu gefallen! Stehen meine Chancen wohl in Zukunft schlecht, es ihr später noch einmal besorgen zu können!", gab er von sich.

Klara drehte sich erneut um.

„Keineswegs Leo! Du kannst mich durchficken, so oft und solange du kannst! Ohhhh…..es kommt! Jaaaaa! Sag mal, wie heißt du eigentlich? Mach weiter so! Ach tut das gut! Jetzt!", schrie sie.

Ihr Reiter verkrallte sich in ihr Hinterteil, bäumte sich auf, spritzte ab und nannte uns seinen Namen.

„Viktor!"

Ich brach in Lachen aus.

„Na, dass passt ja auch noch! Viktor, dann fick mal die Klara weiter! Ich verzieh mich und wünsche euch viel Spaß! Bis später!"

„Sabrina! Habe ich dann eine Chance, dich besteigen zu können!", fragte Leo.

„Und ich?", hakte Viktor nach.

„Klar Jungs! Bis nachher!", gab ich lachend von mir.

Auf meinem Rundgang, traf ich auf Andreas, der die Rothaarige erneut abschleppte. Ich musste grinsen. So ein falscher Fufziger! Angeblich zu blöd zum Bumsen und jetzt Wiederholung?

„Ich hoffe es läuft?", gab ich von mir.

Er wurde rot und seine Fickdame glotzte mich dumm an.

„Es ist bereits gelaufen und sehr gut!", konterte sie.

„Na, dann ist doch alles super! Denk an die Kondome wie besprochen! Vergiß nicht, du hast mir noch einen scharfen Ritt versprochen, Andy!", gab ich zurück.

„Wie bitte? Andreas fickt heute keine andere mehr! Er wird den Rest des Abends mit mir verbringen! Bist du nicht schon zu alt für diese Art von Sex?", meinte sie pampig.

Mir platzte der Kragen.

„Pass mal auf Süße! Du ziehst dich jetzt ganz schnell an und verschwindest auf der Stelle! Hier habe ich das Sagen! Es ist mein Haus und meine Party! Du hast fünf Minuten und dann will ich dich hier nicht mehr sehen!", wies ich sie zurecht.

„Andy? Sag doch auch mal was? Kommst du mit!"

Er schüttelte mit dem Kopf.

„Weißt du, soll toll war der Sex mit dir auch nicht! Ich werde hier bleiben und mich weiterhin vergnügen! Du hast es dir selbst vermiest mit deinen Ansagen. Merk dir für die Zukunft, dass reifere Frauen besseren Sex beherrschen! Nicht nur Beine breit und gut ist!"

Madam wurde etwas blass, drehte sich um und raffte ihre Kleidung, die überall verstreut lag, zusammen und zog sich an.

„Ihr werdet mir das noch büßen!", gab sie von sich.

Ich begleitete sie zur Tür um sicher zu gehen, dass sie auch verschwand.

Ein paar Anwesende klatschten Beifall.

„Endlich ist die weg! Die hat den ganzen Abend schon eine große Klappe riskiert. Dachte wohl, Sie hat das Ficken erfunden!", erklärte mir ein Neuzugang.

Der Knabe war auch sehr gut bestückt und ich fragte mich, ob da nicht ein Nest verborgen war, mit all den prallen Pimmeln.

Ich wandte mich an Andreas.

„Sag mal, wo kommen diese Burschen eigentlich alle her? Riesenbrummer da unten hängen und auch sonst sehr gut beieinander?"

Er räusperte sich.

„Sabrina, im Laufe des Abends werden noch ein paar dazukommen. Ich habe da eine Plattform im Internet gegründet, extra für Kerle, mit diesem Problem. Klara hat auch eine mit Nymphomaninnen. Bist du auf mich jetzt sauer?"

Ich musste lachen.

„Na, dass ist doch supi! Da bekommt jeder was er so an Sex benötigt. Ist schon in Ordnung und ich habe auch etwas davon! Du bist mir vielleicht Einer! Zur Strafe, musst du es mir jetzt richtig besorgen!"

Andreas schnappte mich und verschwand mit mir in die Dusche. Dort verabreichte er mir eine besonders intensive Behandlung.

Mir kam es gerade, als die Tür aufgerissen wurde und Molly mit zwei Polizisten in den Raum trat.

Ich erschrak.

Andy zog sein Teil abrupt aus mir und fluchte.

„Danke! So etwas nennt man Koitus Interruptus! Ich glaub ich spinne! Was ist denn hier los?"

„Wer ist die Besitzerin dieses Clubs? Wir hätten gerne vom Ordnungsamt die Genehmigung gesehen, zwecks Betreibung! Falls keine vorliegen sollte, handelt es sich hier um ein Ordnungswidrigkeit!"

Ich trat auf die Beamten zu, die mich genau musterten.

„Moment mal meine Herren! Das hier ist eine private Feier und hier ist kein Club! Wer erzählt denn so eine Scheisse?", hakte ich nach.

„Wir hatten einen Anruf! Die Dame meinte wohl, hier finden Sexspiele gegen Bezahlung statt!"

„Das war sicher dieses rothaarige Biest! Nein, meine Herren, wie bereits gesagt, es ist eine Privatparty ohne irgendwelche finanziellen Hintergedanken. Ich mache das fast jedes Wochenende. Wir sind Gleichgesinnte und leben das aus. Noch Fragen? Wenn nicht, darf ich sie bitten zu gehen! Zeit ist kostbar und die hat man beim Sex nicht! Schade um das Verspritzte!"

Die Polizisten grinsten, entschuldigten sich und kurz vor der Tür, drehte sich der eine zu mir um.

„Sagen sie mal? Ich habe in knapp einer halben Stunde Dienstschluss! Dürfte ich mich später hier einfinden? Ich hab gesehen, dass einige Herren sehr gut bestückt sind. Ich habe das gleiche Problem und finde absolut kein passendes Gegenstück für mich um mal richtig ficken zu können."

Erstaunt blickte ich den Hüter des Gesetzes an.

„Kein Problem! Jeder ist willkommen und kann sich richtig austoben! Ich werde sie persönlich abfertigen, wenn sie das wollen", gab ich augenzwinkernd zurück.

Er grinste und eilte seinem Kollegen nach.

Alle anderen Gäste hatten nebenbei mitbekommen, was vorgefallen war und standen entsetzt um mich herum.

„Leutchen wir lassen uns den Abend doch nicht völlig vermiesen! Alles gut! Weiter geht's im Takt! Wer sich in die SM-Kemenate begeben möchte, kann das gerne tun. Ich habe vorhin vergessen zu erwähnen, dass es hier so etwas auch gibt. Noch nicht ganz fertig der Raum, aber allerlei Spielzeug liegt bereit. Viel Spaß!"

Alle klatschten.

Jeder suchte sich inzwischen einen neuen Partner.

„Na, jetzt können wir unser Spiel fortsetzen nach dem Schock. Wo ist das angepriesene Zimmer. Ich wollte schon immer eine Muschi in der Liebesschaukel mal richtig durchvögeln. Komm mit!"

Andreas packte meine Hand, zog mich mit und riss die Tür auf. Abrupt stoppte er. Besetzt! Es vergnügten sich bereits zwei Pärchen. Die Kerle wechselten sich beim Bumsen ab und die Mädels hatten sichtlich Spaß dabei. Ich grinste Andy an.

„Meine Fresse, guck dir das mal an! Ideen haben die Leute! Vögeln die doch tatsächlich über Kreuz beim Schaukeln!", meinte er und schüttelte mit dem Kopf.

Ich lachte.

„Was haltet ihr davon, wenn wir Weiber uns auf das lederne Lotterbett knien und es uns von hinten heftig besorgen lassen. Natürlich abwechselnd von unseren Typen hier? Danach Stellungswechsel und weiter geht es!", fragte ich in die Runde.

Eifriges Nicken erfolgte.

„Oh ja! Das ist sicher mehr als geil! Ich hab vorhin ein paar kleine Peitschen entdeckt! Sehr außergewöhnlich und äußerst handlich. Am Stielende der Griff in Form von einem kräftigen Pimmel. Da kommt Freude auf!"

Ich grinste.

„Mensch! Die Teile habe ich vor einigen Wochen in einem asiatischen Sexshop erworben! Völlig vergessen das Zeug! Also los! Jungs jetzt seit ihr gefragt", gab ich von mir.

Schnell war alles in die Tat umgesetzt und die Herren brachten ihre Lümmel auf Vordermann.

Auf meine Anweisung, hatten sie uns die Mösen mit Gleitmittel eingerieben.

„Wer gut schmiert, der gut fährt!", gab einer von sich, der sich als Klaus herausstellte.

Andreas lachte und meinte, man müsse schon mal ein wenig antesten, ob die Löcher auch optimal gleitfähig wären.

„Stopp! Gummis überstülpen!", rief ich in die Runde.

„Ich nicht! Zumindest bei dir nicht! Kurz reinstecken, paar Stößchen und dann stülpe ich was über!", gab er lachend von sich.

Er schnappte mich kurzerhand, drehte mich in die berühmte Doggystellung, rieb zwei Finger an meinen Schamlippen und ließ sie kurz darauf in meine Möse verschwinden.

Ich quietschte, reckte ihm meinen Hintern entgegen und bat um mehr. Er ließ mich zappeln, nahm seinen Pimmel in die Hand und führte ihn ganz langsam ein.

Drei, vier harte Stöße und dann zog er ihn wieder aus mir.

„Der Nächste! Madam ist reif zum Antesten! Machen wir gleich einen Rundumschlag bei den Mädels! Wer meint, dass er dann abspritzen muss, kann das ja ganz nach Gusto tun! Geduscht wird später! Ist das so okay für euch meine Damen?", fragte er in die Runde.

Wir nickten.

Die Kerle zogen sich zurück, wisperten miteinander, versprachen eine Megaüberraschung und dann ging es ordentlich zur Sache.

Andreas nahm mich zuerst vor. Erst hieb er mir sanft mit einer der Minipeitschen auf den Po und drehte mir kurz darauf den Pimmel am Ende des Griffes hinein. Langsam schob und zog er in hin und her. Ich stöhnte und fand dieses Spiel äußerst erregend. Plötzlich schob Klaus sich unter mich und forderte, dass ich mich auf ihn setzte. Ich tat es und wusste bereits, dass ich von einem Genuss in den anderen kam.

Während Klaus mich heftig ritt, gesellte sich eines der Mädchen dazu. Margot! Sie ging auf die Knie und fing an Andys Prachtstück mit dem Mund zu bearbeiten. Kurz darauf bestieg sie Alex von hinten und verpasste ihr wohl den härtesten Ritt in ihrem Leben. Der Typ hatte einen überdimensionalen Schwanz und ich war schon darauf gespannt, wenn er es mit mir trieb. Wir stöhnten und keuchten gleichzeitig um die Wette. Alex feuerte Margot an und kam als erster. Während er ihn aus Margot zog, spritzte er sein kostbares Nass wild in die Gegend. Margot wimmerte nur noch.

„Oh mein Gott! Der Typ hat mir die Muschi völlig ramponiert! Ich glaube ich kann ein paar Tage nicht mehr richtig sitzen! Sorry, aber ich bin für die nächste Stunde nicht mehr zu gebrauchen. Viel Spaß noch!"

Ich sah wie sie breitbeinig das Zimmer verließ.

Inzwischen hatte Andy die Peitsche durch sein Teil ersetzt und gab es mir richtig hart. Klaus und er gaben das Beste und dann kam es mir. Ich verkrallte mich in die Haare von Klaus und bat die Kerle aufzuhören.

Beide lachten und legten nun erst recht los.

Andy kam endlich, was ich an seinem pulsierenden Pimmel merkte.

„Wow! Schade, dass ich das Zeug nicht in deine Möse spritzen kann. Der Gummi ist voll bis zum Anschlag und kurz vor dem Platzen. Halt doch still, damit ich ihn unbeschädigt herausziehen kann, sonst landet die Soße noch in dir!", gab er von sich.

Zwei Stöße und dann zog er sich zurück, wobei er mir noch einen Klaps auf den Hintern gab.

„Viel Spaß noch, Sabrina. Ich benötige unbedingt eine kurze Pause. Scharfes Luder du!"

Klaus hatte nun mehr Bewegungsfreiheit. Bevor ich reagieren konnte, drückte er mich bestimmend nach unten, schnappte meine Brüste und knetete sie durch. Ich wurde schwach und bewegte mich rhythmisch auf und ab. Als er meine Warzen dann auch noch lutschte, verlor ich die Beherrschung. Klaus rollte sich mit mir zur Seite, so dass ich auf dem Rücken zu liegen kam.

„So du geiles Stück, jetzt geht es richtig los. Dies war nur der Anfang."

Ich stöhnte auf und dann ging es rund. Während des Aktes wechselte er einige Male die Stellung. Mein Gott, war dieser Mensch wendig. Ein Orgasmus jagte den anderen.

„Ahhh! Das tut gut! Leider darf ich nicht ohne in dir abspritzen! Gleich bin ich soweit! Jeeeeeetzt!"

Er zog seinen Schwanz aus mir, riss sich den Gummi herunter und zielte auf die Brüste.

Stöhnend gab er alles von sich und verrieb es.

„Ich hatte schon ewig lange keinen derartigen heißen Sex mehr. Wenn ich noch könnte, würde ich dich so fertig machen, dass du froh wärst, mich nie gekannt zu haben. Deine Möse ist echt köstlich. Vielleicht komme ich im Laufe der Nacht noch einmal auf dich zurück. So ein kleiner Abschiedsfick hat auch was für sich." Grinsend erhob er sich.

Ich keuchte noch immer vor Erschöpfung und wollte aufstehen, als ich von Alex auf das Lederbett gedrückt wurde.

„Nicht so schnell, Süße! Ich möchte auch noch! Deine Vorgängerin hat es ja nicht lange ausgehalten", gab er von sich.

Im gleichen Atemzug versenkte er seinen Pimmel in meine Muschi und kam sofort zur Sache.

Ich zuckte zusammen.

Sein Teil hatte es wahrlich in sich.

Er stieß und stieß und stieß, während ich nach Luft schnappte, es genoss und schrie.

„Jaaaaa! Sabrina ich möchte, dass du dich auf mich setzt und mir die Sporen gibst. Du kannst den Takt dazu angeben. Ich würde mich freuen, wenn du mich nur mal kurz ohne Kondom aufnehmen würdest um deine Hitze zu spüren. Bitte!"

Ich zögerte, überlegte und nickte.

Sofort zog er sein Teil aus mir.

„Du weißt aber schon, bevor es dir kommt, dass du dich sofort aus mir zurückziehst!"

„Ja, ich werde daran denken und es dir sofort sagen, wenn ich abspritzen muss", versprach er.

Mit zittrigen Händen rollte er den Gummi ab und sein Pimmel gewann noch einmal etwas an Umfang.

Ich setzte mich hoch, nahm ihn vorsichtig in die Hand und bewegte seine Vorhaut langsam vor und zurück.

Alex stöhnte und verkrallte sich in meine Haare.

„Oh jaaaa! Zeigs mir! Lutsch ihn jetzt!"

Ich tat ihm die Freude, während er mich anfeuerte und

keuchend meinen Namen schrie.

Sein Glied zuckte und pulste.

Alex war kurz vor dem Abspritzen und reckte sich mir entgegen.

Ich grinste innerlich und beendete meine Spielchen.

Ein enttäuschtes Grunzen signalisierte mir, dass ihm dieser Abbruch gar nicht passte.

„Verdammt, warum hast du aufgehört?"

„Weil ich vielleicht auch noch etwas von meinem Ritt auf dir haben möchte? Ihr Kerle denkt beim Vögeln immer nur an euch! Hauptsache ihr hattet euren Spaß und seid zum Schuss gekommen! So nicht!"

„Na warte du Hexe!", grinste er mich an.

Alex griff nach mir, drehte mich um, zog meinen Po hoch und biss zärtlich hinein.

Ich quietschte auf, wackelte mit meinem Hintern und reckte ihn in seine Richtung.

„Nun, dann machen wir es erst in Doggystellung. Du verpasst mir ein paar kräftige Stöße, damit ich in Fahrt komme und dann reite ich dich!"

Er lachte.

„Du wirst nicht mehr dazu kommen! Ich werde es dir jetzt so heftig besorgen, dass du wimmernd um Gnade flehst, dass ich aufhöre! Bück dich etwas tiefer! Geile Ansicht von hier aus auf deine Möse zu gucken!"

Alex griff mir zwischen die Beine. Genussvoll strich er mir über die Schamlippen.

Meine Erregung steigert sich und ich öffnete meine Beine weiter.

Er ließ mich schmoren.

„Nun nimm mich endlich!"

„Gleich! Ich möchte noch etwas spielen und die geile Ansicht deines Arsches genießen! Feucht genug zum Aufsteigen bist du bereits!", gab er zurück.

Er spreizte meine Pobacken legte seinen Schwanz ab, drückte sie wieder zusammen und bewegte sich vor und zurück. Kurz darauf, fing er zu stöhnen an.

„Du weißt ja gar nicht, wie geil diese Aktion für mich ist! Ich werde irre, wenn ich ihn zwischen Brüste oder Po liegen habe! So ein kleiner Tittenfick würde mich auch freuen! Meinst du, dass du mir diesen Wunsch heute noch erfüllen kannst?"

„Ja! Nun fick mich endlich ordentlich, damit ich dir anschließend die Sporen geben kann! Danach kannst du ihn ja zwischen meine Brüste legen!"

„Super! Ich muss sowieso aufhören, sonst spritze ich", gab er heißer von sich und stöhnte erneut.

Alex veränderte die Position.

„Halt dich irgendwo fest, es geht los!"

Vorsichtig steckte er mir seinen Pimmel ansatzmäßig zwischen die Schamlippen.

Ich drängte sofort nach, stöhnte und wollte mehr.

„Oha! Nicht so schnell, meine Liebe! Etwas Zeit muss sein! Lass mich einfach machen und du wirst es sicher spüren, wenn ich loslege!"

Alex rieb mit seinen Fingern ein paar Mal kräftig hin und her.

Ich wurde noch feuchter, was man am schmatzenden Geräusch hören konnte.

Meine innere Spannung stieg an und ich bekam einen dieser Orgasmen, die mich fast zerrissen.

Genau in diesem Moment stieß er mit seinem Teil fest zu.

Ich schnappte hörbar nach Luft.

Sein bestes Stück, fühlte sich ohne Gummi einfach so fantastisch an, dass ich fast irre wurde.

„Alex! Jaaaaa! Ohne Kondom ist es ja noch schärfer, als mit! Gib es mir! Dein Lümmel ist wirklich etwas

Besonderes! Mir kommt es!"

„Na, dann setz ich jetzt den Turbogang ein!"

Er gab sich alle Mühe.

Meine Möse gab extrem schmatzende Geräusche von sich, während seine Eier klatschend an meine Scham schlugen.

Mir verging Hören und Sehen und dann hatte ich den nächsten Höhepunkt.

Ich keuchte, schrie und versuchte krampfhaft einen Halt zu finden.

Alex hatte meine Hüften gepackt und versuchte so das Gleichgewicht auszugleichen.

Wir kippten trotzdem nach vorne und er kam tiefer.

„Geil, einfach nur geil! Halt endlich still!", rief er und dann rammelte er nur noch drauf los.

Die Zeit verging.

Mir wurde bereits schlecht und ich konnte nicht mehr.

Er schon.

Endlich kam es ihm.

Aufbäumend schrie er seinen Orgasmus heraus und dann entleerte er sich doch zuckend in mir.

Versuche, ihn von mir zu stoßen bleiben erfolglos.

»Schöne Scheiße«, dachte ich nur und hielt still, während er immer noch seinen Samen in mich schoss.

Ich hoffte, dass er nun endlich Ruhe gab, sich aus mir zurückzog, als er von vorne anfing.

„Boah, Alex! Hör auf! Du hast eh dein Versprechen gebrochen! Nun hab ich deinen ganzen Rotz in mir!", gab ich angestunken von mir.

„Sei still, Sabrina! Ist doch egal! Ich bin sauber und du auch! Außerdem......ohhhhh.......ich werde gleich verrückt......deine Muschi ist so einzigartig, dass man nicht einfach so aufhören kann! Mir kommt es schon wieder! Jaaaa!"

Wir kamen gleichzeitig und dann hatte ich genug.

Keuchend blieb er auf meinem Rücken liegen.

„War das ein heißer Ritt! Einfach fantastisch!"

Langsam zog er ihn heraus.

Ich wimmerte nur noch und war froh, dass er endlich fertig war.

Meine untere Region brannte wie Feuer.

Für Heute reichte es mir.

Ich war im wahrsten Sinne des Wortes satt.

Vorsichtig erhob ich mich.

Alex bedankte sich für den Ritt und machte sich auf die Suche nach der Nächsten.

„Na, der Ritt war ja anders angedacht, aber hatte den gleichen Effekt! Bis später dann, zum Tittenfick!", rief ich ihm hinterher.

Er nickte.

Andy erschien und grinste vor sich hin.

„War echt geil, euch beiden zuzusehen! Ich kann auch schon wieder! Aber ich denke, du hast für heute auch genug!"

„Mehr als das! Nur hab ich noch einige Versprechen gegeben und muss ein paar Schwänze abarbeiten! Der Bulle kommt auch noch! Morgen wollte ich trotzdem in den Swingerclub und mich von ein paar alten, aber sehr potentiellen Reitern besamen lassen! Ich komme da nicht Drumherum! Das wird lustig werden!", gab ich von mir.

„Ach, dass schaffst du doch glatt! Du bist ja sehr gut zugeritten und auch aktiv in dieser Beziehung! Spaß hast du auch an Sex! Was soll da schon schief gehen!"

Ich seufzte.

„Also, ich muss erst einmal ein paar Runden aussetzen und dann kann es weiter gehen! Ich hole mir aus dem Kühlfach Eiswürfel. Die helfen immer."

Andreas lachte und folgte mir.

In der Küche bekam es gerade eines der anwesenden Mädchen auf dem Tisch besorgt. Sie schrie, was das Zeug hielt und ihr Lover ritt sie gnadenlos. Obwohl wir daneben standen, störte das die Beiden überhaupt nicht. Im Gegenteil! Ich hatte das Gefühl, es spornte beide noch an.

Während ich die Eiswürfel aus dem Kühlfach holte, kam es dem Typen und er spritzte alles in ihren Mund. Ohne einen Mucks des Ekels von sich zu geben, hatte sie es geschluckt. Stöhnend sog sie an seinem Schwanz und holte sich den Rest.

Mein Kopfkino spielte verrückt.

Ich konnte mich an derart Aktivitäten einfach nicht gewöhnen. Das Zeug schmeckte einfach nur eklig. Ich verstand nicht, was manche daran fanden.

Schnell packte ich die Eiswürfel in eine Tüte und eilte mit Andy wieder hinaus. Kurze Zeit später hatten wir mein Schlafzimmer erreicht und ich zog mich mit ihm dorthin zurück. Die Tür schloss ich ab.

Aufstöhnend versank ich auf mein Bett, drückte mir den Beutel in die untere Region und seufzte erleichtert auf, als er mir Kühlung verschaffte.

„Nun lass mich mal gucken!", gab Andy von sich.

„Aber wirklich nur gucken! Nicht anfassen! Autsch! Sei doch vorsichtig!", kreischte ich auf.

„Oha! Deine Muschi ist mehr als rot! Sieht ja fast aus, als wenn sie wund wäre!"

„Blödmann! Kannst sie ja mit etwas Vaseline oder so einschmieren, damit sie wieder elastisch wird!"

„Kein Thema! Bin gleich wieder da."

Er verschwand und war kurz darauf wieder zurück.

„Voila! Eine schöne Tube mit Vasi! Nun mach deine Beine breit und lass mich das Wehwehchen heilen!"

Ich musste lachen und gehorchte.

Vorsichtig trug er die Salbe auf und langsam ging es mir besser.

Mir kam ein Verdacht.

„Sag mal, das war sicher keine Vaseline, was du gerade aufgetragen hast. Eine Bekannte hat mir erklärt, dass es da speziell etwas für solche Orgien gibt! Es betäubt die untere Region, damit man durchvögeln kann!"

„Ja, du hast Recht! Ist doch super!", gab er lachend zu.

Es klopfte.

Genervt verdrehte ich die Augen.

Andreas erhob sich, öffnete die Tür, ließ Josi herein und versprach gleich wieder da zu sein.

„Sag mal, wo bist du denn? Ich suche dich die ganze Zeit! Auweia, ich sehe schon was los ist! Na, da hast du dich wohl etwas überschätzt! Was ist jetzt wegen morgen Abend im Swinger? Steht es noch, dass wir da hinfahren? Oder gibst du nur noch hier Reitstunden?"

Ich lachte.

„Dumme Nuss! Nein, dass mit morgen steht! Ich hab doch Sven und Jeff schon lange nicht mehr gesehen! Die Typen hier haben zwar mächtige Schwänze, aber nicht das richtige Feingefühl. Einfach rein, abspritzen und gut. So habe ich mir das nicht vorgestellt. Und? Hattest du deinen Spaß?"

„Jaaaaa! Den hatte ich! Ist schon geil, was hier abgeht. Ich wurde noch nie so gut versorgt….…..sextechnisch", gab sie von sich.

Lachend gaben wir unsere Fickgeheimnisse preis.

„Ich sag's doch immer, die Kerle sind einfach nur blöd und schwanzgesteuert. Beim Bumsen kann man denen alles aus der Hüfte leiern. Hauptsache er steckt und sie können abspritzen! Immer dieses doofe Gelaber…..es kommt gleich! Ja und wenn es ihnen dann gekommen ist, dann war es das auch schon! Die Orgasmen kann Frau auch zählen! Manchmal bin ich es leid, denen so ein Theater vorzuspielen! Ja mir kommt es auch! Ach, war das schön! Blöd nur, wenn ich es mir danach mit dem Vibrator selbst besorgen muss, damit es mir auch wirklich noch kommt!"

Wir lachten uns kugelig.

Es klopfte erneut.

Molly gesellte sich zu uns.

„Meine Fresse! Ist das heute geil! So viele Schwänze hatte ich noch nie an einem Stück! An dem letzten bin ich bald erstickt! Sabrina dein Polizist ist da und er hat speziell nach dir gefragt. Wir haben versucht uns ihm schmackhaft zu machen, aber er wollte dich."

Ich blies meine Backen auf und erhob mich.

„Na dann auf ins Gefecht! Ich hoffe sein Teil ist nicht so extrem."

Josi und Molly lachten.

„Wenn du Hilfe brauchst ruf einfach nach uns", gab Josi von sich.

Molly nickte zustimmend.

Ich lachte, gab ihnen eine kurze Erklärung in Sachen, *es gibt eine Salbe, da spürt man nix mehr* und machte mich auf die Suche nach dem Neuzugang.

Andy kam mir entgegen und guckte erstaunt.

„Was ist jetzt? Keine Lust mehr?"

„Doch! Gerade kam der Polizist an und hat nach mir verlangt. Ich hatte ihm doch bei seinem Einsatz vorhin versprochen, wenn er erscheint, dass ich ihn reite. Bin gleich wieder zurück. Geh schon mal ins Schlafzimmer und mach dich fit!", gab ich von mir und griff ihm in den Schritt.

„Okay bis gleich! Ein Fick mit dem Typen! Mehr aber auch nicht! Es sind genug andere Mädels da, die es mal brauchen! Da kann er anschließend weitermachen!"

„Versprochen! Bis gleich!"

Nun denn auf in die Schlacht.

Kurze Zeit später hatte ich ihn gefunden.

Nackt und Gewehr bei Fuß, stand er bereits in den Startlöchern. Seine untere Region konnte sich blicken lassen.

Der Gute war bereits von einigen Nymphen umringt, die es unbedingt besorgt bekommen wollten.

Eisern hielt er stand.

„Nein! Erst die Chefin und dann ihr! Ich habe genug Munition für alle und jede von euch, kann sich auf den heutigen Abend freuen! Geduld! Geduld!"

Als er mich erblickte, winkte er, schritt auf mich zu und ließ enttäuschte Gesichter zurück.

„Hallo, ich bin der Ben! Eigentlich Bernhard! Egal! So meine Schöne du darfst in den Genuss kommen, es mir mal richtig geben zu dürfen! Wo darf ich es dir besorgen?", fragte er grinsend nach und griff mir an die Brust.

Ich überlegte kurz.

„Wie und wo hättest du es gerne? Mehr spartanisch oder eher bequem?"

„Ich würde vorschlagen eine Mischung aus beidem."

„Dann bleibt das Gästezimmer! Eigentlich wollte ich es außen vor lassen, aber bei dir, mache ich eben eine Ausnahme!"

Er grinste.

„Na dann los!"

Ich zog ihn hinter mir her und verschwand mit ihm in dem besagten Zimmer.

Anerkennend pfiff er durch die Zähne.

„Mein lieber Schwan! Sehr exquisit eingerichtet! Alles da! Tolle Kombination!"

Ich hatte diesen riesigen Raum durch verschiebbare Glasscheiben unterteilt.

Vom Wohnzimmer aus, konnte man ins Schlafzimmer und von da aus, ins Bad auf die Wanne und Dusche blicken.

Die Toilette war nicht direkt einsehbar und in einer kleinen Nische versteckt.

Ich verschloss den Raum und schon ging er mir an die Wäsche, die ich nicht trug.

Vorsichtig griff er mir in den Schritt.

Ich zuckte zusammen und stöhnte.

»Durchhalten!«, signalisierte mein Gehirn.

„Was ist?", fragte er nach.

„Ich bin da etwas wundgescheuert! Hatte heute schon einige in mir und das hat Spuren hinterlassen."

„Soso! Keine Angst ich werde vorsichtig sein!"

Langsam schob er mich ins Schlafzimmer und drängte mich aufs Bett.

„Vertrau mir und lass dich einfach fallen. Ich werde dir heute den besten Sex deines Lebens verschaffen", versprach er und legte sich neben mich.

»Na klar, immer die gleichen Sprüche und dann geht's nur ums rammeln. Rein, raus, aufstöhnen, abspritzen und fertig«, kam mir in den Sinn.

Ben riss mich aus meinen Gedanken.

„Sag mal Sabrina, was magst du beim Sex nicht?"

Ich erklärte ihm, was ich hasste und er grinste vor sich hin.

„Hast du ein paar Spielsachen hier, damit ich dich in Stimmung bringen kann?", wollte er wissen.

„Nein! Doch! Ich habe im Schrank einige Sexartikel von der letzten Dildoparty verstaut! Schau mal, ob du da was Passendes findest. Es sind auch skurrile Sachen dabei", gab ich preis.

Ben stand auf, kam kurze Zeit später mit dem Karton zurück und leerte ihn lachend aus.

„Toll! Handschellen, Federn und dergleichen von dem Zeugs! Nun, dann können die Spiele beginnen! Ist ja wie bei der Olympiade! Schön liegen bleiben Süße, es geht los!"

Ben legte sich auf mich, zwinkerte mich an, drückte mit seinen Schenkeln ganz vorsichtig meine zur Seite und fing an mich zu küssen. Ich erwiderte seine Küsse mehr als verkrampft und stellte mich bereits auf eine Rammelei ein. Enttäuschung machte sich breit. Was anderes würde es wohl auch diesmal nicht werden. Kurze Zeit später spürte ich, wie sein Teil immens anschwoll und fordernd dort unten anklopfte. Ich war schneller erregt, als ich gedacht hatte. Leicht schob ich ihm meinen Unterleib entgegen, damit er eindringen konnte.

Nichts geschah.

Ben wollte erst einmal spielen.

Okay, das konnte er haben.

Ich entspannte mich, was auch er bemerkte.

„So ist es viel besser", wisperte er mir ins Ohr.

Je länger und intensiver er mich küsste umso feuchter wurde ich da unten und mein Lustgefühl steigerte sich. Nach ein paar Minuten war ich dann soweit und flehte ihn an, mir Erleichterung zu verschaffen. Meine Bitte wurde nicht erhöht und er küsste weiter.

Als ich versuchte sein Glied einzuführen, zog er meine Arme über meinen Kopf und verdammte mich somit zu Bewegungslosigkeit. Ich drängte mich ihm immer fordernder entgegen und hatte ohne Zutun, den ersten Orgasmus.

„Oh mein Gott, nun steck ihn mir doch endlich rein! Ich halt es nicht mehr aus!", gab ich von mir.

„Böses Mädchen! Wenn du nicht Ruhe gibst, mache ich dich gleich mit den Handschellen am Bett fest! Eile mit Weile, Sabrina! Ich lehre dich heute, wie es auch anders geht! Also, lass dich auf das Spiel ein!"

Ich nickte und schon ging es weiter.

Seine Eichelspitze zuckte frech da unten vor sich hin, klopfte dauerhaft an und dann schob er sie mir nur ein kleines Stück zwischen die Schamlippen.

Meine Atmung und Herzschlag wurden schneller, als er meine Arme los ließ und seine Lippen den Weg zu meinen Brustwarzen fanden. Nuckelnd machte er sich darüber her.

Ich verging vor Lust, rutschte ihm willig entgegen und versuchte mit drängenden Bewegungen, dass er tiefer in mich kam. Geschickt wich er aus und grinste.

„Vergiß es! Es wird nach meinen Regeln gespielt, wie es abgesprochen war!"

„Verdammt! Ben! Übertreib es nicht so! Wenn ich die Lust daran verliere, geht nichts mehr! Bitte!"

„Nein!"

Wütend blickte ich ihn an und schob mich ihm weiter entgegen.

„Hör auf! Du machst solange, bis wir am Fußende aus dem Bett fallen!"

„Mir scheißegal! Entweder vögelst du mich jetzt hier und sofort so richtig durch oder ich steh auf und geh!"

Während ich noch maulte, stieß er ohne Vorwarnung kräftig zu.

Ich riss meine Augen erschrocken auf, hielt die Luft an und stöhnte vor mich hin.

Autsch!

„Ich hatte dich gewarnt! Mein Teil ist extrem groß und dick! Anscheinend willst du es auf die harte Art! Wie heißt es doch so schön.........wer nicht hören will, der muss fühlen!"

Mit heftigen Bewegungen kam er zur Sache.

Er forderte sein Recht und gab es mir so richtig.

Anfangs war es noch okay, aber dann beschwerte sich meine Muschi.

Da ich schon seit dem frühen Morgen für Dauerficks herhalten musste, gab Ben mir wohl gerade den Rest. Verzweifelt versuchte ich ihn von mir zu schieben und schlug auf ihn ein.

Ich schrie und dann kam es uns beiden gleichzeitig.

Zuckend und stoßend ergoss er sich in mich, verkrallte sich in meinen Haaren und bat um Entschuldigung.

„Sorry! Ich konnte nicht mehr an mich halten! Es war einfach zu geil mit dir und außerdem eine ungeheuere Verschwendung gewesen, wenn ich mein kostbares Nass, woanders hin verschossen hätte! Dein Loch ist wirklich etwas ganz Besonderes! So heiß und feucht, da kann man nicht aufhören und ihn herausziehen. Viel anders, als wie bei den meisten Frauen! Sicher hat man das dir schon oft gesagt! Bist du sauer?"

Ich sah ihn an.

„Nein! Ich war nur erstaunt, da auch dein Ding etwas Außergewöhnlich ist. Ich hatte ja heute schon einige gut bestückte Pimmel in mir, aber deiner ist irgendwie anders. So intensiv, wie mit dir, hatte ich noch keinen Orgasmus. Machen wir da weiter, wie du es eigentlich angedacht hattest. Oder geht das jetzt nicht mehr?"

Er küsste mich intensiv.

„Doch! Es geht, Sabrina. Ich freue mich, dass du mir die Ehre gewährst, dich verwöhnen zu dürfen. So wie es aussieht, sind wir beide da unten kompatibel."

„Ohhh jaaaaa! Mehr als das! Wie lange liegt dein Süßer schon auf dem Trockendock?"

„Zwei Jahre! Handbetrieb nur in Eigeninitiative! Jedes

Mal, wenn ich mich nackt, wie mich Gott schuf, präsentierte, rissen die Damen aus. Selbst beim Blasen gab es erhebliche Probleme und irgendwann hatte es sich herumgesprochen, wie ich da unten bestückt war und dann kam keine mehr. Du bist diejenige, die mir nach all den Jahren das Gefühl gibt, ein vollwertiger Mann zu sein."

Ich stand auf und zog ihn mit hoch.

„Wie wäre es mit einer Verwöhndusche?", fragte ich augenzwinkernd.

„Gerne!"

Ben schnappte nach mir, hob mich hoch und eilte mit mir unter die Dusche.

Ich hörte wie er das Wasser aufdrehte und kreischte, als es eiskalt über uns strömte. Lachend setzte er mich auf den Fliesenboden ab und zog mich an sich.

„So eine kalte Dusche bewirkt Wunder! Wie ich sehe, stehen deine Brustwarzen wie eine Eins!"

„Ja, sie bewirkt aber auch das Gegenteil! Dein Freund da unten, zieht sich gerade zurück! Da muss ich doch gleich Hand anlegen und ihn herauslocken!", ergänzte ich und nahm ihn in die Hand.

„Biest!", gab Ben von sich und stöhnte genussvoll auf.

Ich regulierte das Wasser auf lauwarm und spielte an Ben´s Pimmelchen weiter, das stetig wuchs.

„Sabrina, hör auf! Ich garantiere für nichts mehr! Bück dich bitte nach vorne, damit ich dir ordentlich einen verbraten kann."

Ich lachte, drehte mich um, spreizte meine Beine, ging leicht in Hockstellung und wackelte mit dem Po.

„Nun dann versenk ihn und gib es mir ordentlich! Ich kann es kau......!",weiter kam ich nicht.

Ben schob ihn vorsichtig ein, grapschte nach meinen Brüsten und fing an, meine Warzen zu bearbeiten.

Ich drängte meinen Hintern weiter an seinen Körper zurück und hielt inne, als mich die erste Welle eines Orgasmus durchströmte.

„Ben, mach weiter! Wie geil ist das denn! Ich vergehe vor Lust! Stoß mich etwas kräftiger!", feuerte ich ihn an.

Er bewegte sich langsam vor und zurück und stieß zu.

Ich keuchte, bückte mich weiter nach vorne, berührte mit den Händen den Boden und spürte, dass Ben tiefer kam.

„Mein Gott, Sabrina! Halt still, sonst spritze ich vorher ab und hör endlich auf, mit deinen Muskeln, mein Teil zu reizen! Teufelsweib aber auch!", gab er von sich.

Mit Nachdruck hieb er mir auf den Hintern, dass ich zusammenzuckte und unbewusst erneut die Muskeln anspannte. Ich hörte Ben fluchen und dann zog er sich in Zeitlupe aus mir zurück.

„Verflucht! Unmöglich dieses Weib! Ich hab ziemlich viel Druck und muss es mir verkneifen! Weißt du, was das für Schmerzen sind, wenn man den Schuss extrem zurückhalten muss? Ahhhh......ich kann mich nicht mehr beherrschen!"

Ich hatte mich gerade umgedreht und war in die Knie gegangen um ihm ordentlich einen zu blasen, also ich die ganze Soße ins Gesicht bekam. Warm lief mir der Rotz am Gesicht herunter. Empört schrie ich auf.

„Igitt! Ben! Ich habe doch gesagt, ich mag das nicht! Mir wird übel!"

Ich stand auf und wischte mir das Zeug angeekelt aus dem Gesicht.

Er lachte.

„Was drehst du dich auch um und gehst in die Hocke? Tut mir leid, aber ich kann nichts dafür! Spül es unter dem Duschkopf ab! So schlimm ist das auch nicht! Es gibt Frauen, für die ist es ein wahrer Genuss, das Zeug zu schlucken!"

Ich schüttelte mich heftig, seifte mich sehr gründlich ein um sicher zu gehen, dass alles weg war.

„Bähhhhh!"

Ben setzte sich auf den Boden der Dusche und griff nach mir.

„Komm! Du kannst ihn jetzt bearbeiten, bis er wieder steht und dann gleich darüber setzen. Diesmal gibst du den Takt an. Mal sehen, ob es bei dir besser klappt! Danach bin ich wieder am Zug!"

„Mensch Ben! Langsam aber sicher werde ich müde! Es war heute ziemlich anstrengend und morgen soll's ja in den Swingerclub gehen! Ich komm ja gar nicht mehr zur Ruhe, geschweige meine Muschi!"

„Okay, dann nimm das als letzten Ritt und lasse dir sehr viel Zeit dabei! Morgen würde ich gerne einen weiteren Obolus an Samen spenden! Nimmst du mich mit?"

Ich lachte.

„Du als Polizist in einem Swingerclub! Na, Mahlzeit! Wenn da die Verkehrsvorschriften von den Beteiligten nicht eingehalten werden, gibt es Strafe!", lachte ich.

„Ist doch mal was Neues!", meinte er.

Ben war auf Augenhöhe mit meinen Schamlippen und fing nun an, diese zu befingern. Stöhnend öffnete ich leicht meine Beine.

„Wenn Sex nicht so geil wäre, würde ich jetzt streiken! Jaaaa.....das ist echt scharf!"

Er rutschte näher, schob Zeige- und Mittelfinger in meine Muschi und spielte gekonnt an meinem Kitzler. Während ich nach mehr verlangte, erneut vor einem Orgasmus stand, vergrub er seinen Kopf in meinem Schoß und fing zu lecken und zu saugen an.

„Ohhhh! Ben! Ich komme!"
Seine Zunge glitt in schlangenähnlichen Bewegungen
über meine Schamlippen und dann biss er sanft zu.
Ich hielt es nicht mehr aus und ging in die Knie.
Keuchend nahm ich seinen Schwengel in den Mund,
saugte und lutschte, während er meine Warzen rieb.
Mein Körper geriet in den Ausnahmezustand und sein
Ding schwoll immer mehr an.
„Ben ich setz mich jetzt auf dich und bitte dich, meine
Brüste weiterhin zu massieren."
Er nickte.
„Ja, tu es! Sabrina, ich weiß nicht, wie lange ich mich
noch zurückhalten kann! Du bist unbeschreiblich sexy
und ich würde heute Nacht gerne bei dir bleiben und
dich verwöhnen. Aber jetzt komm und hol dir deine
verdiente Belohnung."
Ich kniete mich über ihn und öffnete meine Beine. Er
nahm seinen stattlichen Prügel in die Hand und schob
ihn mir dazwischen. Langsam versank er in meinem
Innern und ich wurde vor Erregung noch feuchter.
Ich sah Ben an.
Er grinste und küsste mich mit einer Hingabe, die ich
so bei einem Mann noch nicht erlebt hatte.
Nicht einmal bei meinem Ex, hatte ich so ein Gefühl
empfunden wie bei Ben.
Es passte einfach alles und war stimmig bis ins kleinste
Detail.
Inzwischen hatte sich meine Muschi an seinen Riesen
angepasst und ich wagte kleine rhythmische Stöße.
Ben nahm meine Brüste in die Hand und abwechselnd
in den Mund.
Er zuzelte, leckte und knabberte mehr als genussvoll
an meinen Warzen, was mich veranlasste, dass Tempo
zu steigern.

Ich verlor fast den Verstand. Stöhnend und keuchend ging es zur Sache. Mir kam es zuerst. Ben hielt mich an den Hüften nach unten gedrückt, damit ich nicht absteigen konnte und bohrte mit heftigen Stößen, sein Teil tiefer in mich. Er war so in seinem Element, dass es mir zuviel wurde.

Kein Wunder bei diesem Schwanz.

„Oh mein Gott! Aufhören! Ben! Ich explodiere gleich! Autsch! Jaaaa…..!"

Ich schrie einerseits meinen Orgasmus, aber auch die Schmerzen heraus, die ich durch den scharfen Ritt von Ben ertragen musste.

Endlich kam es ihm und sein kostbares Nass spritzte in mich.

Keuchend, völlig verschwitzt und ausgepowert, hielten wir uns umklammert.

„Heiliger Strohsack, Sabrina! War das ein Fick!"

„Over and out! Ich kann nicht mehr! Meine Muschi hat morgen sicher Muskelkater und ist zu nichts mehr zu gebrauchen! Ich traue mich nicht mal, von dir zu steigen!"

Ben half mir dabei, indem er mich an den Hüften nach oben schob. Mit zitternden Beinen stieg ich von ihm ab und verblieb in der so beliebten Doggystellung.

Er lachte, stand auf und hieb mir auf den Po.

„Bin gleich wieder zurück, Sabrina! Ich helfe dir dann hoch! Meine Blase drückt! Dein Anblick ist echt heiß! Am liebsten würde ich dich sofort besteigen!"

„Nichts gibt es! Ich bin fertig für heute!", rief ich.

Ich versuchte mich etwas zu entspannen.

Meine Muschi hämmerte und pulsierte wie verrückt.

Trotzdem war es das alles wert gewesen.

Ben hatte mich bestens befriedigt und ich war mit dem Zustand zufrieden.

Während ich so vor mich hinsinnierte, bekam ich den nächsten Prügel verpasst.

Erschrocken schrie ich auf!

„Nein! Ich kann nicht mehr! Aufhören! Was soll das? Zieh ihn sofort heraus! Ben! Wer ist da?"

Keine Antwort!

Ich wurde heftig und gut durchgevögelt!

Auch hier war ein Könner am Werk!

Nur wusste ich immer noch nicht, wer mich ungefragt bediente!

Ich kam.

Mein Reiter kurz darauf.

Stöhnend entfernte er sich aus mir!

Ich drehte mich herum und erblickte Andreas.

„Andy! Hast du einen Knall! Ich bin doch nicht einer dieser Straßenköter, den man einfach so besteigt!"

„Nein, das nicht. Die Doggystellung war schuld daran. Da werde ich immer scharf und muss losficken. Es war doch schön. Oder?"

Inzwischen war Ben zurück, stand im Türrahmen und lachte sich kaputt.

„Na, dass nenne ich mal einen flotten Quickie! Sabrina hat heute sicherlich genug! Andreas, wir legen sie hier ins Bett und lassen sie ausschlafen! Wir kommen auch ohne sie mit der Situation im Hause klar!"

Ich streckte beiden die Zunge raus.

„Idioten! Männer eben! Nur ficken im Hirn! Ich bin allerdings wirklich fix und alle! Ihr beiden könnt später wieder kommen, wenn alle weg sind und die Nacht mit mir in diesem Bett verbringen. Groß genug ist es!"

Beide nickten eifrig.

Ben hob mich hoch, zwinkerte und legte mich hin.

Andreas gab mir noch einen Kuss und dann waren beide verschwunden.

Ich seufzte und war Sekunden später eingeschlafen.

Am Morgen wurde ich von Andreas und Ben geweckt.
„Aufstehen du Schnarchnase! Frühstück ist fertig! Du darfst nur nicht erschrecken. Einige der Gäste haben es nicht mehr nachhause geschafft und liegen überall verstreut herum. So wie ich dich kenne, macht es dir nichts aus. Willst du ins Esszimmer oder lieber hier dein Frühstück zu dir nehmen?"
Ich schaute mich verschlafen um.
„Lieber hier! Ich sehe sicher fürchterlich aus, nach der gestrigen Fickorgie! Komisch ist, dass mir da unten nichts weh tut. Ich habe schon das schlimmste wegen heute abends befürchtet."
Die beiden grinsten.
„Sei froh! Alles fit im Schritt!", gab Andreas frech von sich.
Ben lachte dreckig und warf mir eine Kusshand zu.
„Hornhaut würde ich sagen!"
„Blödmänner!", konterte ich.
„So, das gibt einen Extrafick am Morgen für uns! Wir bereiten dir ein herrliches Frühstück und du bist so frech! Wir sind gleich wieder da! Mach dich schon mal frisch, du geile Schnitte!"
Ich warf beiden meine Hausschuhe hinterher und verfehlte ganz knapp den Kopf von Ben.
„Das gibt Rache du Biest! Von mir bekommst du eine Spezialbehandlung!", drohte er mit dem Finger.
Ich stand auf, verschwand ins Badezimmer und stellte mich unter die Dusche.
Herrlich!
Das Wasser spülte den Rest der Schandtaten aus der vergangenen Nacht weg und ich fühlte mich frisch für neue Besteigungen.

Ich musste grinsen.

So eine *Sauerei*, wäre mir früher bei Peter nie in den Kopf gekommen. Von wegen Swingerclub und so. Er allein, war an meiner Verwandlung schuld. Seine ewige Fremdgängerei, hatte mich zu dem gemacht und ich musste mir eingestehen, dass es mir gefiel.

Beschwingt eilte ich ins Schlafzimmer zurück.

„Endlich! Du brauchst dich nicht abzutrocknen und anzuziehen! Du wirst gleich wieder feucht! Frühstück ist angerichtet!"

Beide Kerle waren zurück und lagen nackt auf meinem Bett.

Ich bekam einen Lachkrampf, als ich sah, was sie da um ihre Pimmel drapiert hatten.

Weintrauben!

„Na? Sehen wir nicht zum Anknabbern aus? Komm her und hol dir die Früchte!", gab Andy von sich.

„Mhhhh! Sehr viel versprechend! Es fängt an, mich da unten enorm zu jucken! Wollen wir doch sehen, was sich da unter den Früchten verbirgt!"

Beide lachten und lockten mit den Zeigefingern.

Ich gesellte mich zu ihnen.

Geschickt kniete ich mich hin, dass ich Andy mit der Doggystellung extrem anreizte und Bernd mit meinem Mund befriedigen konnte.

Dieser Morgen würde der Einstieg für den heutigen Abend im Swingerclub werden.

Was für ein geiler Gedanke.

Ich stöhnte genussvoll vor mich hin.

„Ach, da schau einer an! Madam ist geil! Na warte, wir werden es dir so richtig geben! Morgenstund hat Gold im Mund! Nun knabbere dich schon durch!"

Ben zog meinen Kopf nach unten.

„Such das Stöckchen!", gab er lachend von sich.

Ich biss einige der Trauben ab, hob meinen Kopf und aß sie genussvoll vor den Augen der Kerle.

Lasziv leckte ich dabei über meine Lippen, nahm den Pimmel von Ben in den Mund und blies im ordentlich einen.

„Boah! Ja, saug! Na warte! Ich verpasse dir nachher so einen Ritt, dass dir mein kostbarer Saft zu den Ohren herauskommt!"

Ich nahm sein Teil aus dem Mund und bearbeitete ihn mit meiner Hand weiter.

„Aber gerne!", gab ich augenzwinkernd zurück.

Hinter mir hörte ich Andy stöhnen.

„Und ich? Bekomme ich keine Behandlung? Mein Teil steht wie eine Eins und wenn du dich nicht sofort auf ihn konzentrierst, kann ich für nichts garantieren! Der Anblick deiner Möse gibt mir den Rest!"

Besitzergreifend grapschte er mir von hinten zwischen die Beine, dass ich quiekste.

„Ich bearbeite euch gleichzeitig und dann möchte ich auch meine verdiente Belohnung! Bitte sachte! Denkt an heute Abend! Swingerclubtime!"

Ich entfernte die Trauben mit meinen Zähnen, drehte mich mit dem Hintern in Richtung Ben und verpasste Andy die gleiche Behandlung.

„So und nun geht es richtig los", prophezeite ich.

Ich kniete mich in die Mitte der Kerle und nahm ihre bereits erigierten Pimmel in die Hand. Abwechselnd schob ich die Vorhaut zurück, knetete, knubbelte und nahm sie in den Mund.

Beide Kerle stöhnten und verlangten nach mehr.

Ich gab mein Bestes.

Ben war der Erste der mich darum bat, ihn sofort zu besteigen, bevor es ihm kam.

Ich hörte auf an ihm herumzuspielen, konzentrierte

mich auf Andy und drehte meine Möse ihn Richtung von Ben.

„Eile mit Weile, Ben!", gab ich lachend von mir.

„Biest!", antwortete er.

Er griff sofort danach und bearbeitete geschickt meine Schamlippen.

Ich stöhnte und schob im meine Muschi noch weiter entgegen.

Kurze Zeit später lag sein Kopf darunter und er zog alle Register.

Ich kam in Fahrt.

Andreas protestierte, wollte auch mitspielen und so lagen nun beide unter mir.

Ben versorgte meine Möse, während Andy heftig an meinen Brüsten arbeitete.

Ich stand kurz vor einem Orgasmus.

Ohne Vorwarnung bestieg mich Ben und versenkte seinen Prügel in mir.

„Tut mir leid Sabrina, aber ich halt es nicht mehr aus!"

Ich zuckte zusammen, schrie auf und dann begann er wie ein Irrer zu stoßen.

Andreas zuzelte unbeirrt an meinen Warzen weiter.

Das war zuviel des Guten.

Ich stöhnte und bewegte mich schneller.

„Verdammt, tut das gut! Du übertriffst wieder einmal alle Erwartungen. Mein Gott, heiß wie ein Vulkan! Jaa! Halt doch endlich still, sonst komme ich gleich! So ein Fick am Morgen, vergrault alle Sorgen. Ist doch echt der Hammer!"

Nur mit extrem eiserner Kontrolle gelang es mir, mich zu beherrschen und meinen Körper im gewünschten Ruhezustand zu halten, während Andy mich aufgeilte und Ben mich gnadenlos ritt.

Ben zog ihn kurz heraus, was mich dazu veranlasste

enttäuschte Laute von mir zu geben.

Ich war sauer, dass er kurz vor meinem Orgasmus dieses Spiel unterbrach.

„Verdammt! Ben!"

Er schlug mir leicht auf den Hintern.

„Still! Es geht sofort weiter mit dem Taktstock! Einige kleine Stöße in deinen Hintern und dann ist Madam Möse wieder mit im Spiel! Bück dich tiefer, damit ich leichter in deinen geilen Arsch komme! Ohhhh jaaaaa! Sabrina, es geht weiter!"

Ich schluckte.

Während des Aktes fing er an, mir zu erklären, dass er besonders auf anal stand und es ihm dadurch leichter gelang, in die Muschi abzuspritzen.

Seine Frau hatte sich, was Sex anbetraf in den letzten Jahren immer mehr von ihm entfernt.

Ich bekam nur die Hälfte mit, da es mir beide Kerle so ordentlich besorgten, dass ich keinen klaren Gedanken fassen konnte.

Ben zog sein Teil aus meinem Hintern und steckte ihn sofort in meine Muschi, die bereits triefte.

Gnadenlos stieß er weiter.

Ich schrie und bat ihn mich sanfter zu bearbeiten.

Vergebens!

„Endspurt, Süße! Andy du kannst sie danach bis zum bitteren Ende reiten! Ich hab keine Zeit mehr und muss zum Dienst! Verflixt! Wenn es einem kommen soll, kommt es nicht! Heute Abend im Swingerclub? Okay? Ich hole mir den versprochenen Tittenfick ab!"

Ich bejahte zwischen seinen Attacken und dann kam es mir extrem heftig.

Mir wurde schwarz vor Augen, ich bückte mich tiefer und stützte mich keuchend auf meine Ellenbogen.

Ben sah es fälschlicherweise als Aufforderung für sich

an, rammelte wie ein Wilder in mir und dann kam auch er.

Pulsierend gab er alles von sich und blieb keuchend und schnaufend auf meinem Rücken liegen.

„Geiles Stück du! Leider kann ich nicht mehr! Heute abends im Swinger geht's weiter! Ich versuche meine Gattin für diese Aktion zu gewinnen!"

Er stieß noch einmal kräftig zu, während Andy weiter an meinen Brüsten sog.

Ich flehte um Gnade.

Beide lachten.

Ben zog sich aus mir zurück und hast du was kannst du, versenkte Andy sein Teil in mir.

„Yeah Baby! Ben hat Recht, du bist wirklich heiß da drinnen. Nun halt schon still, jetzt bin ich am Zug."

„Ich kann nicht mehr, Andy! Gönne mir eine Pause!"

„Nein! Du hast ihm den Vorzug einer Erstbesteigung gegeben und nun bin ich dran! Doggystellung! Ich hab dir doch gesagt, da kann ich mich nicht beherrschen!"

Ich schmunzelte, denn irgendwie gefiel mir das Spiel.

„Na dann bin ich gespannt, ob du es mir genauso gut besorgen kannst wie Ben", stichelte ich.

„Du Biest wirst das gleich zu spüren bekommen!"

Aus dem Hintergrund hörten wir diesen laut auflachen und sich bis heute abends verabschieden.

Andy gab sein Bestes und ich genoss.

Jedes Mal, kurz bevor es mir kam, zog er sich aus mir zurück und wechselte die Stellung.

Ich schmolz dahin.

„Sehr gut! Langsam wirst du handzahm! So gefällt mir das! Ist auch sehr viel effektiver, als dieses Gerammel im Akkord! Komm ich besorg dir den Rest unter der Dusche!", machte er mir, während er auf mir lag, den Vorschlag.

Ich nickte, stöhnte, schob ihm mein Becken entgegen, verkrallte mich in seinem Rücken, während es mir kam und er wartete geduldig auf mir ab, bis der Orgasmus vorbei war.

Grinsend küsste er mich, zwinkerte und zog seinen Prügel langsam heraus, dass ich erneut explodierte.

„Sabrina, du bist echt der Burner. So macht Sex mehr Spaß. Komm!"

Er stand auf, reichte mir die Hand, die ich ergriff und zog mich hoch.

Ich war immer noch so geil, dass ich auf dem Weg in die Dusche, erneut einen Orgasmus bekam.

Andy lachte und schob mich an die Kacheln.

Ich zuckte zusammen.

„Kalt! Iiiiihhhhh!"

„Dir wird gleich warm werden! Erst außen und dann von innen! Spürst du, wie er hart wird! Ich könnte dich den ganzen Tag durchvögeln! Du bis eine unglaubliche Frau! Heute Abend im Club werde ich dich besonders und sehr speziell verwöhnen!"

Andy stellte die Brause an.

Warm strömte das Wasser auf uns herunter.

Seine Hände spielten mit meinem Körper und wurden immer fordernder.

Ich stöhnte vor Wonne, als er erneut meine Warzen mit seinem Mund bearbeitete.

„Andy, wenn du nicht aufhörst, garantiere ich in den nächsten Sekunden für nichts mehr."

„Tu was du nicht lassen kannst!"

Ich spreizte leicht meine Beine, als er sich noch näher an mich drückte und sein Penis Einlass forderte.

Sanft hob er mich hoch.

Ich umschlang seine Hüfte mit meinen Beinen und dann glitt er wie von selbst in mich.

Wir kamen in Einklang.

Er nagelte mich im wahrsten Sinne des Wortes, mit rhythmischen Stößen an den Wandfließen fest.

Nachdem Andy gegangen war, scheuchte ich auch den Rest der Gäste aus dem Haus, die sich für den geilen Abend nochmals bedankten und nachfragten, wann der Nächste stattfand. Ich versprach, mich zu melden.

Das Telefon klingelte und ich hob ab.

„Juhuuuuu! Sabrinaaaaaa! Naaaa? Und? Ist bei dir alles Roger in Kambodscha?", flötete Josi.

„Ja, ich hatte gerade meinen letzten Fick und muss da unten etwas zur Ruhe kommen. Andy und die anderen Gäste sind gerade nachhause. War das eine Nacht und ein Morgen. Beide Kerle haben es mir ordentlich und gut besorgt. Eigentlich, bin ich für die nächste Zeit so gut wie satt. Nichtsdestotrotz mischen wir heute den Swingerclub auf. Oder hast du keine Lust?", fragte ich.

„Ohhhh doch! Ich bin gestern erst so richtig auf den Geschmack gekommen. Ein paar der Typen tauchen heute auch dort auf und versüßen unseren Aufenthalt. Allein der Gedanken macht mich schon wieder geil."

Ich lachte.

„Josi, ich reinige jetzt schnell die Wohnung und lege mich noch ein paar Stunden aufs Ohr. Holst du mich gegen Abend ab?"

„Klaro, dass ist gebongt. Sag mal, hast du noch was von dieser Zaubersalbe? Du weißt schon, wenn es da unten extrem weh tut?"

Ich überlegte.

„Glaube schon. Das Zeug muss hier irgendwo liegen. Die hatte ich glatt vergessen. Sie wirkt aber super, sonst hätte ich gestern schon aufgeben müssen. Wir können uns ja in der Apotheke noch eine Packung für heute abends kaufen."

„Gute Idee! Also, bis später dann!"

„Tschööööööö!"

Ich legte auf und machte mich an die Reinigung der Räume. Manche Leute waren echt Schweine. Überall lagen die benutzten Kondome und Taschentücher auf dem Boden. Zu faul den Müll in den Papierkorb zu werfen. Nachdem ich alles entsorgt hatte, gönnte ich mir eine ausgiebige Dusche im Bad des Gästezimmers. Warm rann das Wasser an meinem Körper herunter. Ich stöhnte auf, seifte mich genussvoll von oben bis unten ein und dabei ging mir Ben nicht aus dem Kopf. Er hatte es mir gestern sehr intensiv besorgt und ich hatte das Gefühl, das er sich in mich verguckt hatte. Diese Art von Sex war anders gewesen. Nicht nur das Teil reinstecken und losrammeln, sondern intensiv und mit viel Einfühlvermögen. Bei dem Gedanken an ihn wurde es mir mehr als heiß. Wenn er jetzt hier wäre, würde ich sogar auf meinen Schlaf verzichten. Nur er war Polizist und verheiratet. Mein Ehrenkodex klinkte sich ein und riet mir davon ab, etwas mit ihm anzufangen. Es reichte, dass ich mich gestern von ihm hatte ficken lassen. Diese Zwiegespräche nervten auch langsam. Wie oft wurde ich schon von meinem Mann betrogen und da hatte Peter sicherlich nicht an unsere Ehe gedacht.

Scheiß drauf!

Ich spülte den Seifenschaum von mir und angelte nach dem Badetuch.

Plötzlich hielt mir jemand den Mund zu und zog mich aus der Dusche.

Erstickt schrie ich auf versuchte mich zu befreien, was

mir nicht gelang.

Was geschah hier!

Hatte sich einer der Gäste noch im Haus befunden und versuchte mich jetzt zu vergewaltigen?

Panik stieg in mir hoch.

„Halt endlich still oder willst du, dass ich dir ernsthaft wehtue? Ich möchte dich nur ein bisschen verwöhnen und bringe dich nun in den SM-Raum. Denk daran, ich bin kräftiger als du. Ich werde dir jetzt die Augen verbinden. Solltest du auf den Gedanken kommen und um Hilfe schreien ist das zwecklos, denn hier unten hört dich keiner. Hast du das verstanden!"

Mit Nachdruck wurde ich geschüttelt.

Was sollte ich nur tun?

Mir blieb nichts übrig, als mitzuspielen, damit mir in diesem Fall nichts schlimmeres passierte.

Mein Peiniger redete mit verstellter Stimme und ich konnte ihn nirgendwo einordnen.

Ich nickte und er entfernte langsam seine Hand von meinem Mund. Erleichtert atmete ich tief ein.

„Denk nicht einmal für eine Sekunde daran, dich nach mir umzudrehen! Tu nur das, was ich dir anrate und es wird dir nichts geschehen!"

Erneut nickte ich und dann verband er mir die Augen. Kurz darauf schob er mich, indem er mich an den Schultern dirigierte, in Richtung des Zimmers.

Ich überlegte und startete einen Versuch.

„Peter? Wenn du es bist, lass uns die Situation normal regeln. Du kannst mich besteigen. Ich werde keinem Menschen was erzählen."

Keine Reaktion.

„Verdammt, Peter! Es ist kein Spaß! Ich habe wirklich Angst! Sag doch was!"

„Ich bin nicht Peter!", kam es dumpf zurück.

Mir wurde schlecht.

Also doch einer der männlichen Gäste, den ich heute Morgen übersehen hatte.

Was, wenn er ein Psychopath war und bei perversen Sexspielchen ausrastete.

Josi würde erst gegen abends hier auftauchen.

Ich verlor die Beherrschung und fing an laut um Hilfe zu schreien, als ich in den Raum geschubst wurde.

„Was hatte ich dir gesagt? Mund halten! Dafür wirst du doppelt bestraft und an den Pranger gestellt! Ein paar Fesselspielchen gefällig?"

Mit Nachdruck schlug er mir auf den Hintern, dass ich zusammenzuckte.

Kurz darauf wurde ich an das Andreaskreuz gedrückt.

Allerdings mit dem Rücken in seine Richtung.

„Was haben sie mit mir vor? Wir können doch auch ohne diese Spinnerei guten Sex haben!", versuchte ich.

„Still! Lass dich überraschen! Ich will dir nicht wehtun! Nur ein bisschen verwöhnen! Vertrau mir!"

„Vertrauen? Einem Typen, der mir den Mund zuhält, die Augen verbindet und mich in ein SM-Zimmer zu perversen Sexspielen zwingt? Wohl kaum!"

Ich bekam keine Antwort.

Mister Unbekannt schnappte sich meine Arme, zog sie nach oben und schnallte mich am Kreuz fest.

„Deine Beine werde ich nicht festbinden, so hast du mehr Bewegungsfreiheit, bei unseren Sexpraktiken!"

„Also, doch pervers!", gab ich zurück.

„Ich glaube ich muss dich ein bisschen züchtigen! Du hast mir ein zu großen Mundwerk!"

Er schlug mir auf die Pobacken und dann presste er mich mit seinem Körper noch näher an das Kreuz.

Ich erschrak und erstarrte.

Der Typ war tatsächlich nackt und sein Teil bereits so

erigiert, dass es sich mir in den Rücken drückte.

Seine Hände suchten meinen Körper und fingen an zärtlich darüber zu gleiten.

Erst sträubte ich mich gegen die Art von Behandlung. Als er aber in die Region meiner Brüste kam und mit meinen Warzen spielte, verlor ich die Kontrolle.

„Bitte nicht!"

„Psssst! Genieße! Ich weiß, dass du darauf abfährst! Nun komm mir mit deinem Po etwas entgegen, damit ich dir meinen Lümmel besser einführen kann!"

Als ich nicht reagierte, umfasste er meine Hüften und zog mich in seine Richtung.

„So ist es schon besser! Bleib so! Denk daran, dass ich am längeren Hebel sitze! Entspann dich einfach, dann tut es nicht weh!"

Ich gab auf, denn er hatte Recht.

Niemand würde mir zu Hilfe eilen.

„Na, geht doch! So und nun reden wir nicht mehr so viel, sondern lassen Taten folgen!", gab er von sich.

Da ich ihn leicht gebückter Haltung stand, hatte er ein leichtes Spiel mit mir. Er stimulierte meine Brüste und griff mir abwechselnd in den Schritt. Ich merkte, wie ich feucht wurde, was er ab und zu mit seinen Fingern testete. Jedes Mal, wenn sie dort versanken, reckte ich mich ihm weiter entgegen, was er lachend registrierte.

Ich spürte, wie er mir sein pralles Teil auf den Po legte und ab und zu an der Ritze entlang gleiten ließ. Dabei stöhnte er auf, was ihn wohl aufgeilte.

„Verdammt! Steck ihn endlich rein! Was anderes willst du doch nicht! Ich hab es dann endlich hinter mir!"

Er schlug mir erneut auf den Hintern.

„Was habe ich gesagt? Still! Na warte!"

Ich hörte, wie er sich von mir entfernte um etwas zu suchen. Ein paar Mal klatschte es im Hintergrund und dann kam er zurück.

Er strich mir über das Hinterteil, rieb mich zwischen den Schamlippen und schlug mit einer der Peitschen zu. Nicht fest, aber ich schrie dennoch hysterisch auf.

Für mich war es besonders schlimm, da ich nur hören und rein gar nichts sehen konnte.

Zwirbelnd zog er die Peitsche über meinen Rücken.

Ich lachte, denn an dieser Stelle war ich äußerst kitzlig und extrem empfindlich.

„Aha! Eine weitere erogene Zone gefunden!"

Er fing an meinen Rücken zu küssen und als er am Po angelangt war, biss er vorsichtig zu. Kurz darauf kam seine Zunge mit ins Spiel und irgendwann kniete er unter mir und bearbeitete meine Schamlippen.

Ich bog meinen Kopf nach hinten, stöhnte genussvoll und spreizte meine Beine etwas weiter, damit er mich da unten besser bearbeiten konnte. Er lutschte, leckte und dann kam es mir. Mister Unbekannt lachte, stand auf und schob mir seinen Pimmel ganz vorsichtig und ebenfalls vor sich hinstöhnend, von hinten ein.

Sein Ding war riesig und füllte mich völlig aus.

Autsch! Schon wieder so ein Prügel, war mein Gedanke, als er sich in gleichmäßigen Stößen in mir bewegte und dabei meine Brustwarzen rieb.

„Geil! Einfach nur geil!", flüsterte er mir ins Ohr.

Langsam wurde die Situation interessant und ich war mir sicher, dass es einer der Kerle von gestern war, der mich bereits bestiegen hatte.

Ich bewegte mich mit ihm in Einklang und zu meiner Schande, musste ich gestehen, dass es mir gefiel.

„So halte doch still, sonst verspritze ich alles zu bald! Du bist einfach unglaublich! Gefällt es dir?"

Ich nickte.

Er bescherte mir vier Orgasmen ohne dabei auch nur

ein einziges Mal abgespritzt zu haben.

Urplötzlich zog er sein Teil aus mir und legte es auf meinen Po zurück, wo es wie eine Schlange zuckte.

Ich beschwerte mich.

„Spinnst du? Ich komme zum wiederholten Male und du ziehst ihn raus? Das ist unfair! Ich kann mich nicht einmal richtig bewegen!", fauchte ich ihn an.

Ohne eine Antwort zu bekommen, schob er mir den Pimmelgriff der Peitsche ein. Ich zuckte zusammen und dann besorgte er es mir heftig.

Schreiend, stöhnend und zitternd wand ich mich unter dieser Behandlung. Auch hier blieb der gewünschte Erfolg nicht aus und ein Orgasmus jagte den nächsten.

„Braves Mädchen! So gefällt mir das! Zur Belohnung werde ich dich abschnallen und hier auf dem Bett mit dir weitermachen. Die Augenbinde allerdings bleibt!"

Kurz darauf löste er sein Versprechen ein. Sanft hob er mich hoch, legte mich auf das Lederbett, schob sich über mich, drückte meine Beine mit seinen ganz leicht auseinander und führte mir erneut seinen Prügel ein.

Ich kam ihm entgegen und stöhnte vor Geilheit auf, als er sich rhythmisch in mir bewegte.

„Ja, so ist es gut! Gib es mir du heiße Stute! Welch ein Genuss, es dir ordentlich besorgen zu dürfen!"

Er hielt kurz inne, zog meine Beine auf seine Schulter und legte los.

Mir blieb regelrecht die Luft weg, nach der ich immer wieder keuchend schnappte und dann entfernte er sich aus mir.

„Was soll das? Mir reicht es jetzt, denn ich verliere die Lust an diesem Spiel! Entweder fickst du mich hier und sofort anständig durch oder ich verweigere mich!"

Wütend schlug ich nach ihm und versuchte die Binde aus dem Gesicht zu ziehen.

Ein überraschter Aufschrei bestätigte mir, dass ich ihn wohl getroffen hatte.

Energisch nahm er meine Hände weg und bevor ich reagieren konnte, band er sie mir mit einem weiteren Tuch fest um zu verhindern, dass ich es noch einmal versuchte.

„Vergiß es! Also gut! Bis jetzt war ich sehr behutsam! Da du eine härtere Gangart bevorzugst, sollst du die nun auch bekommen! Ich werde nicht aufhören, auch wenn du wimmernd danach verlangst!"

Er stieg von mir herunter, zog mich bis an den Rand des Bettes, ging in die Knie und bearbeitete mich dort unten heftig mit dem Mund. Ich verging schon wieder vor Lust, aber langsam wurde es unangenehm.

„Mein Gott, hör auf! Ich kann nicht mehr!", bat ich.

Als Reaktion auf meine Bitte, bestieg er mich erneut und bearbeitete mich mit kräftigen Stößen.

„Nein! Madam ich habe dich gewarnt....ohhh......ist das herrlich.....mir kommt es sowieso gleich! Jetzt!"

Mister Unbekannt verkrallte sich in meine Brüste und ergoss alles in mich.

Zuckend und pulsierend spürte ich sein Teil und dann bekam auch ich nochmals einen Orgasmus.

Ich bäumte mich auf, während er erkannte, was in mir vorging. Kräftig stieß er zweimal nach.

„Hast du jetzt genug!", fragte er.

Keuchend bejahte ich.

„Bist du nun fertig mit mir oder kommt noch etwas?", wollte ich wissen.

„Wenn du möchtest, können wir so weitermachen! Ich bin gut trainiert und nach ein paar Minuten Erholung jederzeit wieder schussbereit. Es scheint dir gefallen zu haben. Oder?"

„Ja, ich muss zu meiner Schande gestehen, es war sehr

schön. Nun gib dich endlich zu erkennen, denn nach dieser Bumserei ist es fair, wenn ich sehe, wer mich da ordentlich bestiegen hat. Also?"

Stille!

„Hallo?"

Es raschelte, als er sich erhob.

„Nein! Ich lockere dir jetzt die Fesseln und in ein paar Minuten kannst du dich selbst davon befreien. Es wird ein kleines Geheimnis zwischen uns bleiben, wer ich bin. Irgendwann bekommst du es heraus und ich hoffe du bist nicht sauer auf mich. Jeder hat nun mal seine kleinen Abartigkeiten beim Sex. Ich bevorzuge diese."

„Wer bist du? Beantworte mir nur zwei Fragen! Hast du mich gestern schon vernascht und kenne ich dich?"

„Ja!"

Ich war nicht einmal überrascht.

Vorsichtig lockerte er mir die Fesseln, küsste mich und dann hörte ich wie er verschwand.

Nach wenigen Minuten hatte auch ich mich befreit.

Entnervt löste ich die Augenbinde und stand auf.

So etwas war mir noch nie passiert.

Wer war dieser Unbekannte?

Die Stimme am Schluss, war zwar noch verstellt, aber irgendwie kam sie mir doch bekannt vor.

Ich zermürbte mir, während ich ausgiebig duschte, das Gehirn.

Andy war es auf keinen Fall, dazu kannte ich sein Teil inzwischen zu gut. Er hatte an einer gewissen Stelle ein Piercing, was mein Reiter nicht gehabt hatte.

Der Fremde hatte mich, während er mich bestieg, auch in der unteren Region, mit dieser Spezialsalbe eingerieben.

Er wusste also, dass ich bei dicken Prügeln Schmerzen empfand.

Nur hatten gestern einige Kerle, überdimensionale und dicke Pimmel gehabt.

Es konnte also jeder gewesen sein.

Egal!

Ich rief Josi an und erzählte ihr, was mir passiert war.

„Hach! Sabi, du hast aber immer die verrücktesten und tollsten Erlebnisses. Warum passiert mir das nicht? So was ärgerliches aber auch!"

„Na danke! Ich hätte gerne darauf verzichten können! Am Anfang bin ich vor Angst fast gestorben! Ich war fest überzeugt, aus der Geschichte nicht ohne Schaden herauszukommen. Zum Glück ist nichts passiert! Du kommst mich nachher sowieso abholen und ich werde dir dann genaueres erzählen!", versprach ich.

„Okay! Also, werfe dich in Schale und um neunzehn Uhr stehe ich parat. Bis denne!"

„Sei pünktlich!", antwortete ich und legte auf.

Für die restlichen Stunden, legte ich mich noch etwas hin um fit für den Swingerclub zu sein.

Erschrocken schoss ich aus meinen Träumen hoch.

Ich setze mich auf und lauschte.

Im Haus lief jemand herum

»Bitte nicht schon wieder«, schoss es mir durch den Kopf.

Jedes Geräusch vermeidend, erhob ich mich und griff nach dem Baseballschläger neben dem Nachtkästchen.

Vorsichtig öffnete ich die Tür zum Schlafzimmer und lugte hinaus.

Nichts!

Komisch!

Ich hätte schwören können…….

Klirr!

Ich zuckte zusammen.

Keller!

Wahrscheinlich hatte ich vergessen, die Terrassentür im unteren Gästezimmer zu schließen.

Jemand hatte sich Zutritt verschafft.

Verdammt!

Ich schlich mit erhobenem Schläger nach unten und sah in besagtes Zimmer.

Nichts!

Langsam zweifelte ich an meinem Verstand!

Sauna! Pool!

Ich schritt darauf zu.

„Hallo! Wieder fit?"

Schreiend drehte ich mich um und erblickte Andy, der angesichts meiner Waffe, einige Schritte zurückwich.

„Wow! Stopp! Ich bin's doch nur!", sprach er mich an.

„Spinnst du? Wie kommst du hier rein?!", schrie ich.

„Hast du vergessen, dass du mir gestern den Schlüssel für dein Haus gegeben hast? Anscheinend! Sorry, ich wollte dich nicht erschrecken. Könntest du das Teil da wegnehmen?", hakte er nach.

Ich senkte den Schläger.

„Andy, ich hatte heute Morgen einen unangenehmen Gast vor Ort und dachte er ist wieder hier! Nein, ich kann mich nicht daran erinnern, dir die Schlüssel für mein Haus überlassen zu haben! Ich hätte diesen dann später gerne wieder!"

„Okay! Kein Problem! Wie, du hattest Besuch? Was ist passiert?"

„Komm mit, ich erzähle es dir bei einer Tasse Kaffee!"

Andy folgte mir in die Küche, ich schenkte uns Kaffee ein und dann erzählte ich ihm, was vorgefallen war.

„Natürlich kannst du dir vorstellen, was ich für Angst hatte, als ich die Geräusche hörte. Ich wollte das nicht noch einmal erleben", erklärte ich.

„Hat der Typ dir wehgetan?"

„Nein! Aber es mir ordentlich besorgt!", grinste ich.

„Sabrina, dein Humor ist geschmacklos! Was, wenn es ein Psycho gewesen wäre? Du könntest tot sein!"

„Der Gedanke kam mir auch schon! Es war einer der Kerle von der Party. Er hat es sogar zugegeben und nach seiner Aussage, hat er es mir gestern auch schon besorgt. Angesichts der Tatsache, da ich am gestrigen Abend dauerhaft kreuz und quer gevögelt habe, ein schweres Unterfangen, den Kerl in irgendeiner Weise zuzuordnen. Du scheidest auf jeden Fall aus! Er hatte an besagter Stelle kein Piercing."

Andy fand die Situation extrem eigenartig.

„Fehlt irgendetwas?", fragte er.

Ich verneinte.

Obwohl............

„Mensch, ich hab noch gar nicht darüber nachgedacht! Komm!"

Ich sprang hoch, riss ihn mit und eilte in die unteren Räume.

Gewissenhaft sah ich mich überall um und erstarrte.

„Was ist los?", wollte Andy wissen.

„Meine erotische Wäsche ist komplett verschwunden! Jetzt habe ich für heute abends nichts zum Anziehen! Verflucht! Nun muss ich schnell in Biggi´s Laden und mich vollkommen neu einkleiden! Dieser Typ scheint ein Wäschefetischist zu sein!", fluchte ich.

Andreas lachte.

„Nun, nackt gefällst du mir auch besser. Muss nicht immer alles verpackt sein."

Ich schnaufte.

„Wessen Humor ist jetzt wohl geschmacklos", maulte ich ihn an.

Er zwinkerte mir zu.

„Und? Lust?"

„Wie? Lust?"

„Kleiner Fick, bevor wir dich neu einkleiden? Oder ist es dir lieber in Biggi´s Laden! Ich besorge es dir auch sehr speziell und gut!", machte er den Vorschlag.

Ich schritt langsam auf ihn zu.

„Fick? Ja! Hier! Heftig und ohne Tabu!"

Andy schaute mich erstaunt an.

„Okay! Komm und blas mir einen!"

Ich grinste, ging in die Knie, zog ihm die Jeans aus und fing an sein Teil zu bearbeiten.

Während ich ihn mit meinen Händen auf Vordermann brachte, verkrallte er sich aufstöhnend in meine Haare.

„Wieder eine deiner Sonderbehandlungen! Ja! Mach so weiter!", forderte er keuchend.

Mit Gefühl schob ich seine Vorhaut langsam vor und zurück, bis er stand. Leicht rieb ich meinen Daumen über seine Eichel, die bereits mit Flüssigkeit benetzt war. Nun kam meine Zungenspitze zum Einsatz, die ich leicht über die Eichel gleiten ließ. Andy stöhnte genussvoll.

„Sabrina ist das geil! Nimm ihn in den Mund!"

Ich stülpte meine Lippen über seinen Pimmel, fing an zu saugen, lutschen und zu lecken, bis er aufschrie und mich darum bat aufzuhören, damit er mir nicht alles in den Mund spritzte. Ich ignorierte seinen Wunsch und machte gnadenlos weiter. Andy schrie ein paar Mal, dass er es nicht mehr halten könnte, verkrallte sich noch fester in meine Haare, fand an dieser Situation regelrecht Vergnügen und ergoss sich schwallartig in meinen Mund.

„Ahhhh! Sabrina es tut mir leid, ich konnte es nicht mehr unterdrücken! War das geil!"

Ich schluckte ohne einen Mucks zu machen und gab sein Teil wieder frei.

„So mein Lieber, nun bin ich dran! Vögel mich durch, bis ich nicht mehr kann und danach gehen wir beide shoppen. Du darfst es mir natürlich sehr gern, kräftig in Biggi´s Laden besorgen!", ermunterte ich ihn.

Andy griff nach mir, zog mich hoch und drückte mich an sich.

„Das werde ich du geile Schnitte. So, nun aber runter mit den restlichen Klamotten!"

Energisch riss er mir den Bademantel weg, hob mich hoch und stieg mit mir in den Pool, wo er mich an den Rand drückte und küsste.

Ich stöhnte und knutschte, was das Zeug hielt.

Kurze Zeit später spürte ich, wie Andreas Schwanz bei mir fordernd anklopfte und um Eintritt bat.

„Sabrina, wie möchtest du es haben?", hauchte Andy.

„Ach, mach mit mir, was du schon immer mit mir tun wolltest! Ich lasse mich überraschen!"

Das ließ er sich natürlich nicht zweimal sagen und so bekam ich eine besonders intensive Behandlung.

Andreas forderte mich auf aus dem Becken zu steigen und mich mit dem Po in seine Richtung zu knien.

Ich erfüllte ihm den Wunsch, nachdem ich mir unter die Beine ein Schwimmbrett gelegt hatte.

So ließ es sich kniend aushalten.

Was hatte er vor?

Ich erfuhr es kurze Zeit später.

Andy fingerte gekonnt an meinen Schamlippen, bis ich feucht wurde und wie blöde stöhnte. Mit seiner Zunge fuhr er dauerhaft zwischen meiner Ritze hin und her und bescherte mir einen Orgasmus nach dem anderen. Ich bat ihn, mich endlich zu erlösen und mich sofort zu besteigen, bevor ich vor Lust explodierte. Lachend zog er mich in den Pool zurück und griff mir zwischen die Beine. Ich legte meinen Kopf zurück und reckte mich ihm entgegen.

„Andy, bitte besorg es mir! Jetzt!"

Sanft hob er mich an und schob mir seinen Prügel ein. Ich zuckte zusammen und dann bewegte ich mich mit ihm rhythmisch auf und ab. Küssend unterdrückte er meine Lustschreie, die man sicher bis nach draußen in den Garten gehört hatte. Die Terrassentür stand noch offen. Mir kam es mehrere Male. Andy zog sich aus mir zurück.

„Bist du schon fertig?", fragte ich enttäuscht nach.

„Nein! Ich möchte es mit dir jetzt auf dieser Schaukel im MS-Zimmer treiben. Komm!"

Wir stiegen klatschnass aus dem Pool und eilten in das besagte Zimmer.

Da ich es noch nie in dieser Position ausprobiert hatte, war ich extrem aufgeregt.

Andy half mir in die Schlaufen und dann verpflanzte er mir erneut seinen Prügel. War das geil. Ich wurde bei diesem Spiel so scharf, dass ich nur noch vor Lust schrie.

„Meine Fresse! Sabrina! Geiles Miststück! Du geht's ja ab, wie Schmidts Katze! Da geht doch noch mehr!"

Bei der nächsten Orgasmuswelle entfernte er sich aus mir und half mir aus den Schlaufen.

Ich war so aufgegeilt, dass ich wimmernd an ihm hing und um mehr bat.

Andy verfrachte mich eilig auf das Lotterbett und drehte mich in Doggystellung. Kurz darauf wurde ich von ihm weiter bearbeitet.

Keuchend und grunzend schob er mich mit heftigen Stößen bis zum Kopfende. Ich ging etwas tiefer, was ihn zu einem Aufstöhnen veranlasste. Besitzergreifend hielt er sich an meinen Brüsten fest, massierte sie mehr als kräftig und stieß, während er mich obszön titulierte immer härter zu. Mir kam es erneut. Andy entfernte sich aus mir und legte mir seinen zuckenden Schwanz auf die Poritze. Aus den Augenwinkeln sah ich, wie er neben sich griff und dann spürte ich, wie er mir einen Dildo einführte, der genauso prall wie sein Teil war. Ich bewegte mich langsam vor und zurück, als er ihn auf Batteriebetrieb umstellte und sich dieses Ding in mir brummend und stoßend bewegte.

Andy legte sich neben mich und grinste.

„So, nun lass den Knaben da mal machen. Das ist eine gute Lösung für den Moment. Ich spare Energie und meinen kostbaren Saft, den ich dir dann später noch heftig eintrichtern werde. Und? Gut so?", fragte er.

Ich blickte ihn an und nickte.

„Jaaaaa…..oh Gott es kommt schon wieder! Kannst duuuu….mhhhh….mir die Brüste massieren und die Warzen reizen? Ohhhhhh…..ich werde gleich irre! Wie geil ist das denn?", gab ich stotternd von mir.

Andy legte sich unter mich und tat mir den Gefallen. Die Behandlung war so intensiv, dass ich nur noch am Schreien war und fast den Verstand verlor. Eine halbe Stunde ließ er mich so schmoren, dann zog er das Teil wieder aus mir.

Ich war fertig!

Bevor ich jedoch auf den Gedanken kommen konnte, aufzustehen, griff er nach mir und drehte mich auf den Rücken.

„Diese Ausdauer muss belohnt werden und ich bin auch schon wieder zum ficken bereit. Mein Freund da unten tropft auch schon. Also, meine Schöne! Beine breit es ist Vögelzeit!"

Ohne auf eine Reaktion von mir zu warten, schob er sie auseinander, kniete sich davor und reizte mich an, indem er seinen Pimmel, an meiner Ritze rieb.

„Jetzt steck ihn doch endlich rein, bevor ich entgültig irrewerde! Ich halt es nicht mehr aus!", feuerte ich ihn an.

Andy ging in die Knie, leckte mich ein paar Mal und dann führte er ihn langsam ein.

Wir waren beide so scharf, dass wir stöhnten, schrieen und keuchend zur Sache kamen.

Völlig schweißüberströmt, versuchte jeder bei dem anderen Halt zu finden, was nicht gelang.

Dauerhaft rutschten wir voneinander ab. Andy fluchte. Unsere Körper gaben sehr eigenartige, glucksende und klatschende Geräusche von sich, vor allem dann, wenn die Eier von Andy an meinen Hintern schlugen.

Andy entfremdete das Bettlaken.

Er zog es geschickt über meinem Bauch zusammen um endlich Halt zu bekommen. Dann schob er meine Beine auf seine Schultern und verschaffte mir einen seiner berühmten, heißesten Ritte.

Mir war bereits schlecht und ich sah überall Sterne, als es ihm kam.

Keuchend legte er sich auf mich, knabberte an meinen Ohrläppchen und küsste mich.

„Boahhhh! Was für ein Ritt, Sabrina!"

Ich wollte gerade etwas sagen, als ich spürte, dass er ja noch in mir steckte und sein Held schon wieder steif wurde. Ich schnaufte.

„Andy? Hast du etwa Viagra eingeworfen? Da unten regt sich erneut was! Ich kann nicht mehr!"

„Bitte noch einen Stich und dann können wir schnell zum Einkaufen gehen! Ich kann jetzt nicht aufhören!"
Ich überlegte.

Sein Dauerständer reizte mich derart an, was er durch kleine geschickte Stöße noch förderte, dass ich anfing, mich unter ihm ganz langsam zu bewegen.

Andy küsste mich, rieb mich mit dem Bettlaken so gut es ging trocken und grinste.

„Also, geht doch! Auf zum nächsten Stoß!"

„Stopp! Ich bin am Zug! Ich reite dich jetzt! So siehst du, wie es ist, wenn man sich nicht rühren kann! Also, mach die auf etwas gefasst!", gab ich lachend zurück.

Andy entfernte sich aus mir und legte sich auf den Rücken.

„So, dann beeil dich, bevor er wieder erschlafft! Mal sehn, ob du so eine gute Reiterin bist!", ergänzte er und zwickte mich in den Hintern.

Ich quietschte auf.

Sein Schwengel stand prall in der Luft und er bewegte ihn mit seinen Muskeln so, dass es aussah, als wenn er mir zuwinkte. Ich musste lachen.

Ich setzte mich über ihn und ließ ihn mit Genuss, im Zeitlupentempo in meiner Muschi verschwinden.

Andy verkrallte sich in meine Arme, gab Geräusche der Verzückung von sich und stieß, bevor ich ihn fast intus hatte, heftig zu.

Ich schnappte nach Luft und schlug nach ihm.

„Hörst du wohl auf! Ich bin am Zug! Nimm mir nicht den Reiz!", schimpfte ich.

Zwinkernd stieß er nach.

„Andy!!!"

Er zog mich zu sich herunter und küsste mich.

„Nun mal sehen, wer länger durchhält! Du oder Mister Viagra! Nun gib mir schon die Sporen! Wenn ich dann gewinne, hab ich für heute abends einen Extrawunsch frei!", flüsterte er mir ins Ohr.

„Okay, dann halt dich mal fest!", gab ich von mir und wieherte.

Andy lachte und schlug mir auf den Po.

Ich ging alles mehr als gemütlich an.

Intensiv studierte ich Andreas bei unserem Liebesakt. Der fühlte sich unter meiner Regie mehr als wohl und feuerte mich mit lockeren Sprüchen an. Ich holte alle Tricks aus meiner Zauberkiste und verschaffte ihm so einige Höhepunkte, ohne das er abspritzte.

Nach einem Stellungswechsel, mit Aussicht auf den geilsten Hintern der Welt, wie er behauptete, erlaubte ich ihm, den Vibrator mit einzubeziehen.

Während ich seinen Pimmel vereinnahmte, führte er vorsichtig den Vibrator in meinen Po ein. Ich bekam sofort einen Orgasmus und Andy erging es nicht viel besser.

Die Schwingungen des Vibi, bekam er intensiv mit und wir erreichten beide gleichzeitig den Höhepunkt.

Andy verkrallte sich in meine Arschbacken, schrie und stieß nach.

„Sabrina, dass war echt scharf! Mir kommt gerade eine Idee! Ich hab das ja noch nie getan, aber würde es jetzt gerne mal austesten! Bei dir kann ich es ja wagen…..!"

Ich unterbrach ihn.

„Andy….ich komme gerade! Ahhh….bitte noch einen Moment, dann kannst duuuuu……ooohh….mir sagen, was du möchtest!"

Ich keuchte auf, als mich die nächste Welle traf und hielt dann still. Brummend und rotierend steckte der Vibrator immer noch in meinem Hintern.

„Nimm ihn bitte da weg!", forderte ich Andy auf.

Dieser tat wie ihm geheißen, ich stieg von ihm und legte mich daneben.

„Was wolltest du jetzt von mir?", sprach ich ihn an.

„Ich würde diesen Vibrator einmal in meinen Hintern spüren wollen. War vorhin echt ein geiles Gefühl für mich, als sich die Wellen bis in meine Schwanzspitze fortsetzten. Würdest du mir dabei helfen und dann mein bestes Stück lutschen?", fragte er.

Schockiert schaute ich ihn an.

„Ist das dein Ernst?", hakte ich nach.

„Ja, ist es!", erwiderte er.

„Okay, kein Problem! Vaseline oder ohne? Soll ich mich unter dich legen und dir einen blasen, während du dich von diesem Gerät in Doggystellung bearbeiten lässt? "

„Bitte mit Gleitgel und du kannst mich mal intensiv und richtig hernehmen."

„Und du meinst, dass du scharf wirst, wie Nachbars Lumpi und es dir kommt?", wollte ich wissen.

Andreas nickte.

„Ich möchte allerdings in dir kommen, während mir das Teil weiterhin den Hintern poliert! Meinst du wir bekommen das hin?"

Ich lachte.

„Klar! Wird schon gehen! Also? Runter in die beliebte Hundestellung!"

Ich rieb ihm den Hintern mit der Vaseline ein, drehte vorsichtig den Vibrator hinein und schaltete ihn dann an. Andreas stöhnte auf, brummelte etwas vor sich hin und dann hatte er seinen ersten Orgasmus.

„Wow, ist das geil! Lutsch meinen Sack und meinen Schwanz, bis ich komme!"

Ich schob mich mit dem Kopf unter ihn, nahm sein Teil in den Mund und besorgte es ihm ordentlich.

Die Stimulation mit dem Vibrator und mein Lutschen, musste so intensiv gewesen sein, dass sein Pimmel sich nach kurzer Zeit, zuckend in meinen Mund entleerte.

Ich kam mit dem Schlucken fast nicht nach.

„Ohhhhh……..what the fuck! Welch ein Genuss! Das werde ich jetzt öfters machen!", brüllte er und zog dabei den Vibi aus seinem Hinterteil.

„War wohl nix, mit in mir kommen", neckte ich ihn.

Ohne Vorwarnung schnappte er mich, rollte mit mir in die Seitenlage und zog mich an sich.

„Was hältst du von einer Runde Löffelchenstellage? So kleiner Bonbon als Entschädigung?"

Ich nickte und ohne extrem große Anstrengung hatte er seinen Prügel in mir geparkt. Ich verlagerte mich etwas, damit er meine Brüste besser berühren konnte und dann ging es los. Zwischendurch schob er mir erneut den Brummi in den Hintern und ich musste gestehen, es war wirklich das gewisse Etwas.

Eine halbe Stunde bearbeitete er mich abwechselnd in Muschi und Po.

Wo nahm dieser Mensch diese Ausdauer her!

Fix und fertig brach ich unser Spiel ab, deutete auf die Uhr und machte ihm klar, dass wir noch Reizwäsche einkaufen wollten.

Er nickte stand auf und verschwand in die Dusche.

Wankend folgte ich ihm nach.

Amüsiert nahm er mich in Empfang.

„Und? Kreislaufprobleme?"

Ich nickte.

„Soll ich dich mit meinem Freund da unten aufspießen um das Gleichgewicht beim Duschen zu halten?", gab er grinsend von sich.

„Idiot! Mir reicht es für heute! Ich geh zwar mit in den Swingerclub, aber bleib eher passiv! Noch so ein paar Runden und ich breche zusammen!"

„Na komm, dass hältst du doch locker aus! Sekt wird dich schon wieder in Schwung bringen! Gut für den Kreislauf! Jetzt machen wir uns frisch, gehen shoppen und dann essen, damit du nicht umfällst! Ich zahle!", versprach er.

Ich nickte dankbar.

Andreas zog mich unter den Wasserstrahl, verbrachte mich in gebückte Haltung und polierte mich noch einmal so durch, dass ich danach nicht mehr wusste, wo es lang ging.

Später fuhren wir zu Biggi, ich kleidete mich neu ein und Andreas beriet mich dabei.

Beim letzten Kleidungsstück hatte er keine Kontrolle mehr über sich.

„Verdammt! Sabrina! Dieses Teil ist oberaffengeil! Im Schritt offen! Nimm es und ich werde es gleich testen! Nun stell dich nicht so mädchenhaft an, meiner steht schon wieder! Der Druck muss weg, sonst platzt die Hose!"

Während ich mich noch zierte, öffnete er seine Hose und verbrachte mich in gebückte Stellung.

„Hör auf! Die Kabinen neben uns sind belegt! Das kannst du nicht bringen!", flüsterte ich.

„Pst! Halt dich am Hocker fest, es geht gleich los! Was für ein scharfer Ausblick auf dein Loch! Wer da nicht geil wird! Außerdem kann ja, wer will, locker am Fick mitmachen! Meine Munition reicht heute für mehrere! Soll ich Molly mal fragen, ob sie auch mal will?"

„Untersteh dich!", blaffte ich zurück.

Andy lachte und bevor ich noch etwas sagen konnte, spießte er mich auf und verkrallte sich in meine Haare. Er ritt mich heftig und kurz.

Verzweifelt versuchte ich die dabei entstehenden Gefühlsausbrüche zu unterdrücken, was nicht immer gelang.

Bevor es ihm kam, öffnete sich der Vorhang der Nebenkabine.

Abrupt unterbrach er sein Spiel, ließ ihn aber stecken.

„Aber hallo, wen haben wir den da? Kann ich ihnen behilflich sein, gnädige Frau!", säuselte er.

Ich sah nichts, da ich immer noch vorübergebeugt war und forderte ihn auf, endlich seinen Pimmel aus mir zu nehmen oder weiterzumachen.

„Still!", pflaumte er und stieß zweimal zu.

Ich zuckte zusammen.

Was ging da vor sich?

„Ich habe euer Gespräch, eure Geilheit und die damit verbundenen Ausbrüche mitbekommen und es würde mich sehr freuen, wenn mich mal einer durchvögelt! Hast du Lust?", vernahm ich eine weibliche Stimme.

„Aber klar doch. Bin hier gleich fertig und dann geht es mit dir weiter. Zieh dich schon mal aus! Wie willst du es denn?", erwiderte Andy.

„Sag mal? Was soll den das? Ich bin auch noch da!", meldete ich mich erbost.

„Ich weiß! Mach ja schon weiter!", kam es von ihm.

Andreas rammelte wie ein Irrer und ich bemerkte, dass diese vermeintliche Dame noch neben uns stand.

„Meine Fresse, sind das Titten! Komm her und lass dich im Vorfeld aufgeilen, während ich hier die Dame in gebückter Stellung zu Ende bearbeite! Oh! Herrlich! Gleich kommt es!"

Ich hörte wie er und Madam um die Wette keuchten.

Andreas kam es wirklich.

Nur wusste ich im Moment nicht genau, ob es meine Möse war, die er so geil fand oder die Person da neben mir, dass er endlich abspritzte.

Schnell entfernte er sich aus mir und ich konnte mich wieder aufrecht hinstellen.

Angepisst drehte ich mich in die Richtung der Beiden, wo Andy bereits intensiv damit beschäftigt war, diese Riesenhuben des Neuzugangs zu bearbeiten.

Ja super!

Hätte ich jetzt eine Stecknadel zur Hand gehabt, wären

die Ballons sehr schnell geplatzt.

Mein Kopfkino spielte mir gerade einige Szenen ab.

„Andy? Hallo? Was soll das denn? Spinnst du jetzt?",
gab ich von mir.

Er drehte sich in meine Richtung und grinste.

„Was hast du denn? Ist doch scharf! Du kannst doch
eh nicht mehr und sie braucht es! Nur kein Futterneid!
Ich besorge es ihr kurz oder auch etwas länger und
dann gehen wir beide Essen! Schau einfach dabei zu!"

Andreas zog sich geschickt ein Kondom mit Noppen
über und nuckelte an ihren Brüsten weiter.

Das war einfach zuviel!

Nach dem heutigen Sexmarathon mit ihm, hatte ich
doch ernsthaft gedacht, dass ihm mehr an mir lag, als
nur ficken. Ich zog mich um.

„Ach, ich heiße übrigens Estelle!", gurrte die Neue.

Andreas nannte seinen Namen und fragte nach ihren
Sexpraktiken.

„Ich mache alles mit! Bin da sehr offen!" lachte sie.

Triumphierend schaute sie mich an.

Mistbiene!

„Gut, dann fick ich dir erst ins Loch und dann in den
Arsch!", versprach Andy.

Sie bückte sich vornüber, nahm die Stellung die ich
vorher inne hatte ein und spreizte ihre Beine.

Andreas benetzte seine Finger mit Spucke und langte
ihr in den Schritt, dass sie vor sich hingiggelte.

„Oh ja! Besorg es mir! Du darfst auch ohne Gummi!
Mit mögt ihr Männer doch nicht und es ist intensiver
oder hab ich da Unrecht!", säuselte sie erneut.

„Ohne ist schon besser, aber ich habe ein Versprechen
gegeben! Mit ist auch gut! Also, mach dich bereit ich
möchte dich jetzt spüren!", keuchte er und stieß zu.

Estelle kreischte kurz auf und Andreas besorgte es ihr

besonders heftig.

Einfach nur super!

So sah es also aus, wenn er ein anderes Loch vor sich hatte.

Ich war wohl doch nicht so toll, wie er immer erklärte.

Vor allen Dingen schrieen beide so laut, dass es mir peinlich wurde und ich die Kabine verließ.

Molly hatte mitbekommen, dass hier etwas schief lief und kam auf mich zu.

„Was ist denn da los?", fragte sie nach.

„Ach, Andy vögelt gerade eine Andere! Riesenmöpse! Darauf steht er ja. Bin ich wohl abgeschrieben für den heutigen Abend. Pack mir mal die Sachen ein. Du ich nehme den Bus nachhause. Würdest du mich nachher abholen und mit in den Swinger nehmen? Denk mir, dass er für heute schon eine Fickdame hat!"

Molly nickte.

„Klaro nehme ich dich mit! Bis später! Na warte, dem werde ich dann ein paar Worte sagen!", versprach sie.

Ich winkte ab, schnappte mir die Tüte samt Inhalt und eilte in Richtung Busbahnhof.

Wütend stieg ich ein und überlegte, wie ich mich an ihm rächen konnte.

Hoffentlich wurde mir nicht wieder schlecht!

Ich vertrug keine Fahrten mit dem Bus!

Entnervt lehnte ich mich an die Stange in der Nische, wo man Kinderwagen abstellen konnte.

Der Bus fuhr los und zwei Stationen weiter, bekam ich den nächsten Schock.

Da sah ich diese Planschkuh, mit der es mein Exmann schon getrieben hatte. Mein Puls schnellte innerhalb von Sekunden auf hundertachtzig. Sie stieg in den Bus, schaute sich um und nahm doch wirklich auf einem dieser Notsitze neben mir im Gang Platz. Das konnte doch nicht wahr sein. Der halbe Bus war leer und sie setzte sich ausgerechnet neben mich.

Während der Fahrt stupste sie mich provozierend und dauerhaft an.

Ich war kurz vor dem Explodieren.

Noch so ein Ding und ich scheuerte ihr eine.

Allerdings bekam ich von einer anderen Stelle Hilfe.

Mein Darm rührte sich.

Verflixt! Die Buttermilch!

Ich musste dringend mal pupsen!

Grinsend und unauffällig sah ich mich um. Hinter mir und vor mir, saß niemand.

Madam allerdings extrem mit ihrem Kopf auf meiner Arschhöhe.

Gerade hielt der Bus und einige Leute stiegen dazu.

Ganz langsam und vorsichtig ließ ich einen Fleuchen.

Nach ein paar Sekunden kam die Schockwelle.

Es fing an zu stinken und zog nun auch im Bus nach vorne.

Innerlich giggelte ich vor mich hin und beobachtete die blöde Gans neben mir.

Meine Erzfeindin wurde unruhig, denn sie hatte die volle Ladung abbekommen.

Inzwischen blickten auch einige der anderen Fahrgäste zu uns her. Ich schaute zurück, rümpfte die Nase, sah auf meine Sitznachbarin und verzog angeekelt mein Gesicht.

Pffffffft!!!!!!!

Und schon entwich mir ein weiterer!

Für Madam wurde es wohl unerträglich, denn sie stand auf und setzte sich schräg nach hinten.

Einige Blicke der entsetzten Gäste folgten ihr und sie wurde doch tatsächlich krebsrot im Gesicht.

Mein innerer Schweinehund triumphierte.

Strike!

Eins zu Null für mich!

Die olle Dumpfbratsche kam sicherlich nicht mehr in meine Nähe.

Beim Aussteigen zeigte ich ihr unbemerkt den rechten Mittelfinger und lachte mich auf dem Weg nachhause halb tot.

Kurz nachdem ich meine Einkäufe verstaut und mehr als ausgiebig geduscht hatte, klingelte es an der Tür.

Verflixt! Wer war das denn jetzt? Ich hatte im Moment absolut keine Zeit! In zwei Stunden holte mich Josi!

Ich eilte zur Tür, sah durch den Spion, erblickte Andy und öffnete.

Grinsend sah er mich an.

„Na? Du bist ja bereits ausgezogen! Passt ganz genau für den kleinen Fick, den ich dir jetzt verabreiche!"

Bestimmend schob er mich zurück und trat ein.

„Etwas unpassend! Ich wollte mich für heute abends stylen! Diesen Bums musst du dir leider verkneifen!"

„Bis du da so sicher?", entgegnete er und griff lachend an meine Brust.

Ich schlug seine Hand zur Seite.

„Ja, bin ich! Was bildest du dir eigentlich ein? Vögelst im Laden meiner Freundin eine Wildfremde und ich soll noch dabei zusehen? Geht's dir eigentlich da oben noch ganz gut? Steckst in mir und dir kommt es nur, weil du an ihren Riesentitten nuckelst? Weißt du, wie blöde ich mir vorkam?", blaffte ich ihn an.

„Entschuldige, ich dachte es macht dir nichts aus! Du konntest doch nicht mehr! Jedenfalls hab ich Estelle ordentlich die Möse geschrubbt! Die konnte fast nicht mehr geradeaus laufen!", gab er zum Besten.

„Super! Wie oft bist du über sie gestiegen? Und blieb es beim Kondom oder hast du dann ohne?"

Andy wurde rot.

„Na ja, der letzte Stich war schon ohne Gummi. Der ist leider geplatzt und ich hatte keinen mehr."

„Ich glaub es nicht! Toll! Und jetzt? So hältst du also deine Versprechen!"

„Ach komm, Sabrina! So schlimm ist das auch nicht!"

„Für mich schon! Angeblich ein Paar! Ich habe keine Lust Aids zu bekommen!", brüllte ich.

Andreas wurde erst blass und dann rot.

„So, jetzt will ich dir mal was sagen! Du hast doch am gestrigen Abend auch mit dem Bullen ohne Gummi so einfach gefickt! War das okay? Sei du nicht päpstlicher als der Papst! Wenn du eifersüchtig bist, weil ich die Schlampe da eben bestiegen habe, kann ich dich gerne noch einmal durchficken! Das Viagra wirkt noch! Also los!", schrie er, während er sich auszog.

Ich schlug erneut nach ihm und wich zurück.

„Nimm deine Griffel von mir und verschwinde! Ich gehe heute Abend allein in den Club! Du vögelst mich in nächster Zeit nicht mehr!"

„Das glaubst auch nur du! Los komm her! Ich besorg es dir jetzt richtig! Alles andere war nur Blümchensex! Anscheinend brauchst du es doch härter und gestehst es nur nicht!"

Wütend griff er nach mir und riss mir den Bademantel vom Körper.

Ich schrie, biss und kratzte, während er nur amüsiert auflachte und mich gezielt nach unten in den Keller und das SM-Zimmer bugsierte.

Krachend flog die Tür ins Schloss und dann stürzte er sich auf mich. Mit schnellen Griffen hatte er mich auf das Lederbett gezogen und ich sah, dass sein Pimmel schon wieder stand. In Nullkommanix hatte er meine Beine geöffnet und drang in mich ein.

Irgendwie gefiel mir dieses Spiel.

„Andreas! Hör auf damit! Du tust mir weh! Ich gebe mich geschlagen und mache freiwillig mit!"

Grinsend blickte er mich an und hielt inne.

„Wusste ich doch, dass du auf härteren Sex stehst. Wie soll ich es dir besorgen? Diese Estelle war nur ein ganz schneller Fick und nichts weiter! Bitte vertrau mir! Ich habe auch nicht ohne Kondom mit ihr gevögelt! Wollt nur mal sehen, ob du noch sauer bist! Alles gut! So und nun sag mir, auf was du wirklich beim Sex stehst!"

„Ich mag keine Gewalt beim Sex! Fass mich nie mehr so grob an! Ich habe dir gesagt was ich bevorzuge und dabei bleibt es auch!"

„Gut, ich habe verstanden und nun entspanne dich. Ich werde dich jetzt liebevoll verwöhnen."

Kaum hatte er seinen Satz beendet, fing er an mich zu küssen und seine Bewegungen in mir fortzusetzen.

Er hielt sein Versprechen.

Nach dem gemeinsamen Duschen, zogen wir uns um für den Club. Kaum fertig, klingelte es bereits an der Tür.

Andreas öffnete.

„Sabrina! Molly und Josi sind da! Biggi sitzt im Auto! Brauchst du noch lange?"

„Nein, ich bin fertig! Auf geht es! Hallo Mädels!"

Alle lachten und dann fuhren wir los.

Auf der Hinfahrt in den Club, bekam ich gegenüber Andy ein ziemlich schlechtes Gewissen.

Er wusste noch nicht, was auf ihn zukam und das ich heute Jeff wieder sehen würde.

Ich sah nach vorne in den Rückspiegel und blickte in Josi´s Augen.

Sie hatte mich sehr intensiv gemustert, wusste was ich dachte und zwinkerte mir zu.

»Schöne Scheisse«, dachte ich bei mir.

Kurze Zeit später trafen wir am Club ein.
Der Parkplatz war überfüllt und wir mussten uns am
Nebeneingang eine Lücke suchen.
Mein erster Blick galt dem Außenbereich.
Ich lachte.
Der Inhaber hatte doch tatsächlich meine letzte Idee
aufgegriffen und einen Swimmingpool integriert.
Ich machte Josi darauf aufmerksam.
Sie grinste.
Andreas blickte uns beide an.
„Sagt mal, kann es sein, dass ihr schon öfters vor Ort
gewesen seid?"
„Ja! Wir waren schon oft hier! Wunder dich also nicht,
wenn es gleich ein Riesengeschrei gibt. Nun komm!"
Zögernd folgte er uns.
Nachdem wir umgezogen waren, eilten wir in unseren
Gastraum.
Als wir eintraten wurde es still, alle blickten in unsere
Richtung und dann entbrannte ein Jubel.
Olga stürmte auf mich zu.
„Sabrina! Schön, dass du wieder da bist! Du wurdest
schon vermisst!"
Ich lachte.
„Ich habe euch neue Gäste mitgebracht. Wie ich sehe,
hat sich einiges verändert. Ganz schöner Betrieb heute
und einen Pool gibt es nun auch. Supi!"
„Ja und seitdem wir diesen haben, kommen auch mehr
Leute. Gerade jetzt im Sommer ist das optimal!"
„Also, war mein Vorschlag doch nicht so dumm!"
„Der war Gold wert!", ertönte eine Stimme.
„Ach neeee, der Chef persönlich! Und wie geht es dir?
Noch alles fit?"

„Klar, meine Liebe! Eigentlich müsste ich dich ja zur Belohnung, für die vielen Tipps, heute abends mal so richtig vernaschen! Du bist schon eine geile Schnitte! Aber, da du in Begleitung bist, verkeife ich mir das!", gab er scherzend von sich.

Ich blickte in Andys Richtung und erntete einen bösen Blick.

Oha!

Sollte er etwa eifersüchtig sein?

Und schon kam eine fette Ansage.

„Sag mal, bist du eine Professionelle und hast mich die ganze Zeit nur verarscht?"

„Andreas! Spinnst du? Nimm das zurück!"

Josi hatte sich lautstark eingemischt.

„Sabrina ist die treueste Seele die ich kenne!"

„Lass es gut sein Josefine! Andreas, du kannst heute Abend gerne anderweitig vögeln! Ich stehe für dich nicht zur Verfügung und nehme mir das Recht heraus, mich von anderen Typen besteigen zu lassen! Wir sind ja kein Paar! Olga? Kannst du Andreas einweisen, wie es sich hier verhält? Ich geh schon mal schauen, ob ein paar bekannte Gesichter vor Ort sind!"

Ich drehte mich um und verschwand Richtung Sauna.

Dieser Idiot!

Er machte alles kaputt!

Die Kerle lernten einfach nicht dazu!

„Juhuuuuu! Sabrinaaaaa!"

Ich schaute nach dem Rufer.

„Hallo Werner, wie geht es dir?"

„Jetzt wo ich dich sehe, super! Lust auf einen kleinen Fick? Würde mich freuen!"

„Immer noch scharf auf perverse Spiele? Klaro darfst du mich nachher besteigen. Ich stehe auf dein Teil!"

„Freu mich schon! Wie gehabt im schwarzen Zimmer?

In fünf Minuten?", hakte er nach.

Ich nickte, eilte regelrecht durch die restlichen Räume und war enttäuscht, dass Jeff und Sven nicht hier vor Ort waren.

Frau konnte eben nicht alles haben.

Langsam machte ich mich auf den Weg um mich von Werner besteigen zu lassen.

Er lag bereits Gewehr bei Fuß auf dem Lederbett und winkte mir lachend zu.

„Komm her meine Zuckerschnute! Du bist diejenige, die mich versteht! Doggystellung wie gehabt! Ich kann es kaum erwarten, es dir richtig zu besorgen!"

„Darf ich dir vorher so richtig einen blasen?"

„Oh ja, mit Vergnügen! Nun komm er wartet schon!"

Ich legte mich zu Werner, der mich entkleidete und seine Nase zwischen meine Beine steckte. Schnüffelnd nahm er meinen Geruch auf. Ich grinste, öffnete sie etwas weiter und bekam den schärfsten Zungenfick.

Mir kam es bereits nach ein paar Sekunden.

Werner tätschelte mich.

„Braves Mädchen und nun blas zum Halali!"

Ich kniete mich hin, bearbeitete seinen Pimmel, was er grunzend und stöhnend honorierte.

„Jaaaaa…..gut….weiter. Geiles Stück du. Ich werde es dir jetzt heftig von hinten besorgen. Dreh dich um!"

Ich nahm die Doggystellung ein.

Komisch, dass fast alle Männer darauf standen.

Werner schnüffelte wie immer erst an meinem Hintern und steckte kurz darauf seinen Schwanz in die Möse.

Stoßend gab er es mir und ich schrie vor Erregung auf.

„Ja! Schrei nur, mein Püppchen, ich ficke dich durch!"

Seine Bewegungen wurden intensiver und schneller.

„Oh Gott Werner! Hast du geübt? Das ist ja geil, was du da veranstaltest! Ich komme jetzt! Mach weiter so!"

Ich explodierte förmlich und er besorgte es mir immer noch.

„Bei meinen Ficks trage ich jetzt immer einen Ring zur Verzögerung! Das hält länger an! Und du bist wie eh und je, heiß wie ein Vulkan! Heute darf ich sogar ohne Gummi bei dir! Jetzt kommt es!"

Ich erschrak.

Verdammt ich hatte das Kondom vergessen!

„Stopp!!!!", schrie ich.

Nun war es sowieso zu spät!

Werner verschoss gerade seine Munition in mir und hörte gar nicht mehr auf, mich zu bearbeiten.

„Bist du alleine hier?", fragte er und stieß zu.

Ich stöhnte auf.

„Nein! Josi ist da, Molly und Biggi, die du noch nicht kennst und ein Bekannter", erklärte ich.

„Soso, ein Bekannter! Fickt er gut?", hakte er nach.

Dabei stieß er immer heftiger zu.

Mir kam es erneut und ich wand mich vor Lust.

„Ja! Er fickt auch gut! Du aber bist besser!", log ich.

Werner grunzte erneut und bearbeitete mich härter.

Ich bekam fast keine Luft, so heftig besorgte er es mir.

„Süße, ich zieh ihn jetzt raus und du legst dich auf den Rücken. Die Show geht weiter. Komm!"

Ich spürte wie er aus mir glitt, drehte mich schnell um und nahm die Missionarsstellung ein.

Werner rutschte über mich und versank erneut in mir.

„Hach ist das geil! Warte ich lege deine Beine über die Schultern, da komm ich tiefer!"

Schon setzte er alles in die Tat um.

Die nächste Orgasmuswelle rollte über mich hinweg.

Sein Schwanz bohrte sich wie ein Borkenkäfer in mir fest und seine Eier klatschten an meinen Hintern.

Was war denn heute mit den Kerlen los?

„Sag mal Werner, hast du Viagra eingeworfen?", fragte ich mehr aus Spaß.

„Bingoooooo! Ja habe ich! Somit kann ich es dir länger geben! Neuer Insidertipp! Deine Titten sind auch nicht ohne!"

Nuckelnd machte er sich darüber her.

Ich kam von einer Welle in die nächste und war nur noch am Schreien.

Plötzlich riss jemand die Tür auf.

Andreas!

Gott, war mir das peinlich!

„Ach so läuft das hier? Darf man mitmachen?"

„Nur zu, kommen sie junger Mann! Sabrina hat es so besonders gerne! Ich komme gerade! Jaaaa…so ist es gut…..sie können sofort übernehmen!"

Werner zog sich aus mir zurück und verabschiedete sich.

„Dank Viagra, das zurzeit angesagt ist, kann ich länger. Ich werde diese Molly jetzt aufsuchen und es ihr so richtig besorgen. Nach deinen Erzählungen, scheint sie recht geil zu sein. Bis später!"

Ich winkte.

Breitbeinig lag ich vor Andy.

„Ohne Kondom? Ich denke du hast Angst vor Aids?"

Ich verdrehte die Augen.

„Verdammt, ich habe es einfach nach unserem Streit von vorhin vergessen! Bleib hier! Ich gehe schnell in die Dusche und spüle das Zeug raus! Oder willst du gar nicht?", fragte ich nach.

„Doch! Ich will! Beeil dich!"

Ich nickte, schnappte mir ein Badetuch und kurze Zeit später, war das Zeug von Werner entfernt.

Auf dem Rückweg machte ich einen Abstecher und holte mir bei Olga, Sekt und Gläser.

Aus den Augenwinkeln bemerkte ich Jeff, der mich intensiv taxierte. Mein Herzschlag beschleunigte sich und mein Mund wurde extrem trocken.

Schnell verschwand ich.

Andreas war bereits völlig nackt und lag auf dem Bett.

Sein Teil sterzte frech in die Luft.

„Hier! Ich habe etwas zu Trinken mitgebracht! Etwas Prickelwasser kann nicht schaden!"

Andy klopfte mit der Hand auf das Bett.

„Nun schwing endlich deinen Hintern zu mir, ich bin scharf wie eine Granate."

Ich seufzte.

„Bitte nicht so arg. Meine Kraft lässt nach. Ich habe ja schon extrem gearbeitet heute."

„Wir können gerne lange und langsam genießen. Ich habe alle Zeit der Welt."

Er schenkte die Sektgläser voll und prostete mir zu.

„Eventuell können wir ja hier schlafen? Ist das okay für dich?"

Ich nickte.

Energisch zog er mich auf das Bett und küsste mich.

Meine Gedanken schweiften zu Jeff ab.

Verflixt!

Falls die Beiden aufeinander trafen, gab es sicher einen Riesentrouble.

„Hallo? Wo bist du mit deinen Gedanken?"

Ich zuckte zusammen und blickte Andy an.

„Bei dir? Warum?"

Er musterte mich.

„Fertig für den nächsten Fick? Mal sehen, ob ich den Vorgänger übertreffen kann. Er hat es dir ja ordentlich besorgt, trotz seines hohen Alters."

Ich nickte, gab ein kleines Resümee ab, was Werner

betraf, während Andreas mich bereits bearbeitete. Er zog erneut alle Register, bevor er sein Ding in mich steckte und mich mehr als intensiv vögelte.

Mir kam es gerade, als er eiskalt eine Frage stellte.

„Wer ist Jeff?"

Ich erstarrte von einer Sekunde zur anderen.

„Also? Wer ist Jeff, Sabrina!", hakte er nach.

„Dein Vorgänger! Er hat mich betrogen, so in der Art, wie du mich mit Estelle. Aber zurzeit läuft nichts mehr zwischen uns. Warum fragst du mich das? Ich bin dir keine Rechenschaft schuldig! Wir sind nicht liiert!"

Andy sagte nichts und nagelte mich stumm weiter.

Mir war die Lust vergangen, was er wohl bemerkte.

Stöhnend zog er ihn aus mir, setzte sich auf meinen Bauch, schob ihn mir zwischen die Brüste und machte weiter.

„Nun press deine Dinger endlich zusammen, damit es mir kommen kann!"

Ich tat was er angeordnet hatte und nach kurzer Zeit, spritze er mir alles dazwischen.

Bestimmend küsste er mich, verrieb alles über meinen Körper und legte sich neben mich.

„Was sollte das jetzt?", fragte ich nach.

„Ich habe dich markiert!", gab er schroff von sich.

Entgeistert starre ich ihn an.

„Du hast was? Verdammt, ich bin doch kein Baum, an den man seine Duftmarke setzt! Mir reicht es, ich gehe duschen!"

Empört stand ich auf, griff das Badelaken, verließ den Raum und suchte die nächste Dusche auf.

Heulend schrubbte ich alles von mir.

So ein Arschloch!

„Hallo Sabrina? Wie geht es dir? Lange nicht gesehen? Bist du noch sauer auf mich?"

Ich erstarrte.

Jeff!

Der hatte mir gerade noch gefehlt!

Ich drehte mich um und sah ihn an.

„Nach was sieht es denn für dich aus?", blaffte ich.

„Okay! So wie es aussieht, hat Andy dich bereits auf mich angesprochen! Wir kamen vorhin ins Plaudern und so kam es, dass du die Hauptperson in unserem Gespräch von Frauenaustausch wurdest! Ich hab wohl zuviel intimes von damals preisgegeben. Andreas war nicht besonders erfreut. Ist wohl dumm gelaufen und ich habe zu spät bemerkt, dass ihr zusammen seit!"

„Ich bin mit ihm nicht zusammen! Er ist genauso eine Fickbeziehung, wie du! Nichts weiter! Jetzt lass mich in Ruhe und verschwinde! Ihr Kerle richtet immer nur Schaden an!"

Wütend drehte ich mich um und stieß dabei heftig mit Andreas zusammen.

„Autsch! Du auch noch!"

Bevor ich an ihm vorbeieilen konnte, hielt er mich am Arm fest und drehte mich zu sich.

„Sabrina? Ich möchte nur eines von dir wissen? Wenn du dich zwischen einem von uns beiden entscheiden müsstest, wer bekäme den Vorzug?"

Ich blickte Andreas an und dann Jeff.

„Wenn ihr es wirklich genau wissen wollt! Keiner von euch! Und nun nimm deine Hände da weg!"

Na super!

Ich kam mir gerade vor wie ein Stück Vieh um das man meistbietend feilschte und auf so etwas hatte ich absolut keine Lust.

„Wisst ihr was? Sucht euch für den heutigen Abend die passende Partnerin zum Ficken! Ich bleibe außen vor! Und du Andy, konntest heute Nachmittag wohl nicht die Klappe halten! Schau mal aus dem Fenster! Estelle steigt gerade aus dem Auto! Toll! Na, da hast du ja gleich genug zu tun um ihr das Loch und die Riesenhuben zu bearbeiten! Jeff kann dir dabei helfen! Er fickt auch alles, was bei drei nicht auf den Bäumen ist! Schönen Abend!", schmiss ich ihnen an den Kopf und eilte in die Gaststube.

Molly die gerade mit einem potenten Typen aus dem Raum eilte, schaute mich stirnrunzelnd an.

„Was ist los Sabrina? Du guckst so garstig?", fragte sie. In wenigen Sätzen hatte ich ihr die Situation erklärt.

„Nimm dir nicht immer alles so zu Herzen! Fick dich einfach quer Beet durch und tu nur das, was dir gefällt! Die Kerle taugen alle nichts mehr!"

„Hallo? Ich habe das gehört!", meldete sich der Typ neben ihr.

Ich lachte und Molly verabreichte ihm einen Kuss.

„Honey, für dich gilt das nicht. Nun lass uns ficken!" Grinsend zog sie ihn mit sich in Richtung Whirlpool.

„Komm doch nach! Mein Schwanz reicht allemal für euch beide!", gab er augenzwinkernd zum Besten.

„Ich werde es mir überlegen", versprach ich.

Warum eigentlich nicht. Die Devise im Swinger war ja eindeutig......alles kann, nichts muss!

Ich betrat den Gastraum und bestellte einen Aperol.

Kurz darauf traf Estelle in einem aufreizenden Outfit ein und der Rest der Kerle bekam riesige Kulleraugen.

Olga grinste mich an und blickte in die Runde.

„So, ihr geilen Hengste! Ich stelle euch Estelle vor, die nicht genug bekommen kann. Sie hat mir bereits im Vorfeld einiges über sich erzählt! Also? Wer will? Sie macht alles mit! Zumindest habe ich diese Info!"

Olga blickte in ihre Richtung und erntete von der Pute ein zustimmendes Nicken.

„Ja! Ich mache alles mit! Also Jungs, wer möchte jetzt auf der Stelle zuerst gevögelt werden?"

Vier Kerle erhoben sich.

„Na, euch schaff ich doch ganz locker! Genug Löcher habe ich ja! Also los!"

Das ließen sich die Typen nicht zweimal sagen und so waren sie kurz darauf mit Estelle verschwunden.

Olga bog sich vor Lachen und winkte mich zu sich.

„Die wird sich noch wundern. Das sind Freunde vom Chef. Zuhälter, die ab und an mal hier Frauen suchen, die für sie arbeiten möchten. Estelle wird angetestet, ob sie als Pferdchen für derartige Dienste gut ist. Wie heißt es in den Kreisen? Na? Man reitet sie zu. Für den heutigen Abend, wird wohl das SM-Zimmer für alle anderen tabu sein. Wir werden Madam nur schreien hören, wenn es ihr von den vier Kerlen besorgt wird. Die haben Schwänze bis zu dreißig Zentimeter."

Ich feixte mir einen.

„Na da wird sich diese geile Schlampe freuen", gab ich schadenfroh von mir.

So, die kam mir nicht mehr dazwischen.

Ich schnappte mir Sektgläser und Sekt und verließ den Raum in Richtung Whirlpool.

Molly und ihr Kerl waren gerade heftig bei der Sache, als mich Jeff ansprach.

„Sabrina? Kann ich mit dir kurz reden?"

Ich drehte mich um.

„Reden? Wozu? Ich denke wir haben nichts zu reden! Nicht, nachdem was vorgefallen ist!"

„Bitte!"

Flehend schaute er mich an.

Ich überlegte.

„Okay!"

Jeff bugsierte mich in die Sauna und verschloss sie von

innen.

„Was soll das?", fragte ich.

„So stört uns wenigstens keiner. Ich wollte mich für letztes Mal entschuldigen und hoffe, du gibst mir noch eine Chance!"

„Ja klar! Euch Kerlen kommt alles so leicht über die Lippen! Hauptsache euer Ding steckt und es geht euch dabei gut! Weißt du was, Jeff? Du kannst mich gerne vögeln, aber das war es auch schon!"

Entsetzt schaute er mich an, als ich mich auszog und ihm meinen Hintern entgegenreckte.

„Nun mach schon! Schieb ihn rein und leg los!"

Fordernd bückte ich mich und hörte ein aufstöhnen.

„Sabrina, ich nehme das Angebot an! Ich kann dir in dieser Stellung einfach nicht widerstehen!"

Er schritt auf mich zu, blieb stehen und fing an, seinen Pimmel zu bearbeiten. Ich grinste in mich hinein. War doch klar, dass es so ausgehen würde.

„Was ist? Soll ich dir einen blasen oder geht es ohne Hilfe?"

„Bitte blasen!"

„Setz dich auf die Holzbank!", kommandierte ich.

Er nahm Platz, ich lief auf ihn zu und kniete mich hin. Vorsichtig umfasste ich seinen Schwanz und brachte ihn nach kürzester Zeit zum Stehen.

Jeff hatte beide Hände in meine Haare verkrallt und feuerte mich mit obszönen Worten an.

Ich gab mein Bestes.

„Oh Gott, Sabrina! Wie habe ich das vermisst! Du bist eben doch die Allergeilste! Jaaaa…..bitte setz dich über mich und reite meinen Pimmel! Warte, ich rutsche etwas zur Seite! Komm!"

Reiten wollte er? Das konnte er haben! Danach würde er mit keiner anderen mehr zu Gange sein!

Ich zog den Bademantel aus und schob mich über ihn. Jeff blickte mich an und als ich sein Teil ganz langsam in mir versenkte, stöhnte er laut auf.

Ich verharrte, bewegte mich vorsichtig auf und ab und verfiel immer mal in leichten Galopp, bis er mich bat sofort aufzuhören, damit er nicht kam. Ich spielte mit ihm und bevor er abspritzen konnte, stieg ich ab.

Enttäuscht blickte Jeff mich an.

„*Mann* kann nicht alles haben! Eigentlich sollte ich dir nur einen blasen! Sorry, ich muss weiter!"

Demonstrativ bückte ich mich nach vorne und gab die volle Sicht auf meinen prallen Hintern preis. Mehr als aufreizend langsam, hob ich meinen Bademantel auf.

Hinter mir stöhnte Jeff erneut gequält auf.

Ohne ein Wort verließ ich die Sauna und steuerte den Whirlpool an, wo Molly immer noch von ihrem Galan bearbeitet wurde. Sie schrie in allen Tonlagen. Na, da ging es ja heiß her. Ich zog erneut meinen Bademantel aus und gesellte mich zu den Beiden.

„Hallo Sabrina! Komm doch zu uns! Molly kann nicht mehr und ich hab noch etliches zu verschießen. Wenn du also möchtest, besorg ich es dir."

Ich schaute in Molly´s Richtung, die ihre Augen heftig verdrehte und zustimmend nickte.

„Bitte, ich flehe dich an Sabrina, tu ihm den Gefallen. Ich muss mich ein paar Minuten erholen. Karl hat so einen extremen Sexdrang und ist einfach unersättlich. Er hört gar nicht mehr auf und du wirst dich freuen."

„Macht dir das denn nichts aus? Du bist doch mit ihm da?", fragte ich nach.

„Nein, es passt schon. Lass es dir anständig besorgen. So, aber jetzt ist genug mit der Reiterei. Karl zieh dein Teil aus meinem Loch und mache bei Sabrina weiter. Die ist noch aktiver als ich. Viel Spaß ihr beiden, ich geh was essen um Energie zu tanken."

Molly stieg aus dem Pool und verschwand.

Karl wandte sich mir zu.

„Nun Sabrina, dann lass mal sehen, ob du es auch gut drauf hast mit dem Ficken. Molly hat ja regelrecht in den höchsten Tönen von dir geschwärmt."

Er griff nach mir, zog mich an sich, drückte mich an den Rand des Pools und fing sofort an mich zwischen den Beinen zu befingern.

„Du bist da unten sehr gut gebaut. Fleischige Lippen, wie ich es liebe. Wird mir ein Vergnügen sein, dich in allen Lagen zu vögeln. Öffne deine Beine etwas."

Ich grinste und gab seinem Wunsch nach.

Karl presste sich an mich und ich spürte, dass er heftig erregt war. Während er meine Ohrläppchen lutschte, spielten seine Finger mit meinen Brustwarzen.

„Gefällt es dir?", hakte er nach.

Ich stöhnte und das war ihm Antwort genug. Seine Lippen suchten den Weg zu meinen Brüsten und er bearbeitete mich solange, bis es mir kam. Ich drängte mein Becken fest an seinen Körper.

„Ohne Kondom geht nix", erwähnte ich.

„Schade, ich mache es gerne ohne", gab er enttäuscht von sich.

Er griff hinter mich, nahm eines aus dem Körbchen, die überall herumstanden und rollte es artig über.

Karl grinste frech, zwinkerte, hob mich leicht an und spießte mich regelrecht auf.

„Ohhhh mein Gott.......!", war das Einzige, was ich von mir geben konnte.

„Mit dem Verhüterli flutscht man gleich besser in die Möse!", kam trocken von ihm.

Karl wusste, was Frauen wollten und verschaffte mir einen Dauerorgasmus.

Mir erging es wie Molly und ich kam aus dem Schreien nicht mehr heraus. Die anderen Gäste schien das wohl im Essraum, der an den Pool anschloss zu stören, denn sie zogen die Schiebetür zu.

Karl drehte mich um und machte von hinten weiter, wobei er meine Brustwarzen heftig bearbeite.

„Sabrina, gib mir Feedback, das macht mich geiler und du hast mehr davon."

Ich beschimpfte ihn mit sämtlichen Wörtern, die ich in meinem Vokabular hatte und er dankte es mir mit allen möglichen Stellungen.

Karl schien ein Meister auf dem Gebiet des Kamasutra zu sein.

Ich bekam kaum noch Luft und war völlig überhitzt.

„Karl! Bitte gönne mir eine kleine Pause….ohhhh! Ich kann nicht mehr! So Extremsex hatte ich noch nie!"

Ich kam schon wieder und verkrallte mich in seinen Rücken.

„Aaahhhhhh…….verdammt Sabrina! Hör auf mich so zu kratzen und dich in mich zu verkrallen! Du bist echt eine geile Braut, aber das kann ich nicht haben!"

Er stieß noch einige Male zu und zog ihn dann heraus.

Keuchend bedanke ich mich.

„Karl, was machst du beruflich? War das geil gerade! Du könntest das wahrhaftig zum Geschäft machen, vereinsamte Damen zu verwöhnen."

Er grinste.

„Soll ich dir ernsthaft verraten, was ich so beruflich treibe? Du wirst staunen! Ich bin ein sehr erfolgreicher Pärchentherapeut und Lehrmeister des Kamasutra."

Ich lachte und erklärte ihm, dass ich mir aufgrund der Stellungen, die er ohne große Mühe beherrschte, mir so etwas gedacht hatte.

„Hauptsache es hat dir gefallen. Körperbeherrschung

ist einfach alles. Wenn sich einige Männer intensiv mit dieser Materie befassen würden, hätte die Damenwelt viel mehr davon."

Ich stimmte ihm zu.

„Sabrina, du bist eine sinnliche Frau und mir hat es gut getan mit dir schlafen zu dürfen. Dein Körper besitzt so viele erogene Zonen. Ich denke du kennst nicht alle und habe bemerkt, dass du die Lust, die du beim Sex verspürst, extrem unterdrückst. Lass dich doch einfach gehen und gib dich deinen Gefühlen hin. Ich denke, ich habe heute einige freigelegt. Nutze sie. Liebe und lebe!"

Karl küsste mich und stieg aus dem Pool.

„Bis später. Ich denke mit dir geht heute abends noch was. Ach und bevor ich es vergesse, ich bin steril und das macht auch sehr viel beim Sex aus. Ich kann eben aus diesem Grund viel länger und das Kondom hätten wir uns sparen können."

Ich grinste.

„Okay! Ich dachte mir schon so etwas! Bis später!"

Aufatmend schloss ich meine Augen und lehnte mich am Beckenrand zurück.

„Hallo! Willst du ficken? Ich habe noch einige Schuss in der Büchse!", wurde ich in gebrochenem Deutsch angesprochen.

Erschrocken riss ich meine Augen auf und erblickte einen dieser *Zuhälter*, der gerade zu mir ins Becken stieg und gezielt auf mich zusteuerte.

Was jetzt?

Ich schaute ihm in die Augen.

„Eigentlich hatte ich bis vor ein paar Sekunden noch Sex der besonderen Art und bin satt. Du müsstest doch dem Reiter begegnet sein?"

„Ach komm, nur ein kleiner Fick. Ich heiße Igor und

mein Schwanz bringt es auf eine Gesamtlänge von gut achtundzwanzig Zentimetern. Ihr Frauen braucht das und ich mach es dir besonders schön."

„Ja klar. Ich hatte bereits. Bist du nicht einer dieser Kerle, die Estelle zureiten?"

Er lachte.

„Estelle bekommt gerade ihre zweite Besteigung. Ich hatte sie als Erster. Nicht schlecht die Kleine, aber so wie ich hörte, bist du besser. Kein Interesse, den Beruf zu wechseln und als Nutte zu arbeiten?"

Jetzt wurde mir die Sache zu heiß.

Ich durfte auf keinen Fall Unsicherheit zeigen.

„Nein! Du kannst mich gerne vögeln, aber als Nutte geh ich sicher nicht an den Start! Also? Komm! Zeig mir, ob du was drauf hast!"

Besitzergreifend zog ich ihn zu mir.

Erstaunt über meine Reaktion schaute er mich an.

Bevor er einen Ton von sich geben konnte, küsste ich ihn und dachte an die Worte von Karl. Igor schmolz regelrecht in meinen Händen dahin. Sein Pimmel war auch nicht zu verachten und nach einer halben Stunde, war er fix und fertig.

„Schade, du hättest wirklich Potential. Es ist mir noch nie passiert, dass ich nach so einem Einsatz fertig war. Das bleibt unter uns, sonst mache ich mich vor den anderen lächerlich."

„Solange du mir deine Kumpane vom Leib hältst, ist das okay."

Er nickte und verschwand.

Ich bekam mich vor Lachen nicht mehr ein.

Bevor mich allerdings noch mehr Herren versuchten anzutesten, stieg ich aus dem Pool.

„Sag mal, wechselst du jetzt die Seiten?"

Ich zuckte zusammen und schaute in die Richtung aus

der die Ansage kam.

Jeff!

„Wieso?", fragte ich dumm nach.

„Das war doch einer dieser Zuhälter! Gehst du für die Typen anschaffen? Bist du so tief gesunken? Jedenfalls schien dir der Fick mit dem gut gefallen zu haben! Du konntest ja nicht genug bekommen! Mit mir hast du in diesem Club hier, noch nie auf Teufel komm raus, so extrem gevögelt, wie mit dem!"

Mir blieb die Spucke weg.

Lange schaute ich Jeff in die Augen, schüttelte meinen Kopf, drehte mich um und ging ohne auch nur einen Kommentar abzugeben.

Was zu viel war, war zu viel!

„Sabrina! Es tut mir leid! Warte!", hörte ich ihn rufen.

Ich ignorierte Jeff und betrat den Gastraum.

Einige Pärchen, SoloDamen und SoloMänner saßen verstreut an den Tischen und unterhielten sich.

„Hallo Sabrina!"

Ich erblickte Molly und Josi, eilte zu ihnen und setzte mich dazu.

Olga fragte nach meinen Wünschen und ich bestellte mir einen doppelten Aperol Sprizz.

„Hä! Was ist mit dir los? Seit wann säufst du dieses eklige Zeug?", wollte Josi wissen.

„Seit heute!", gab ich kurz zurück.

Die Mädels blickten sich an und dachten ihren Teil.

Olga kam zurück, reichte mir das Glas und ich trank es in einem Zug aus. Mit Nachdruck, stellte ich das Glas auf dem Tisch ab.

Seufzend lehnte ich mich zurück.

„So, das habe ich in diesem Moment gebraucht!"

„Sabrina was ist los? Irgendwas ist doch passiert?"

Ich nickte.

„Ohhhh jaaaaa!"

Ich gab ein Resümee ab, was mir Jeff vorhin an den Kopf geknallt hatte.

„Boah! Spinnt der eigentlich? Zurzeit haben die Kerle alles was an der Dattel! Ich hoffe, du hast ihm gehörig die Meinung gegeigt!"

Molly konnte sich gar nicht mehr beruhigen.

Ich verneinte.

„Mädels, so langsam habe ich im wahrsten Sinne des Wortes, die Schnauze mit den Typen gestrichen voll! Zickenterror ist da Scheißdreck dagegen! Jeder denkt er kann am besten vögeln, hat den größten Schwanz und kann somit Besitzanspruch stellen! Das schlimme an der Sache ist, dass ich mich zwischen Jeff und Andy nicht entscheiden kann! Ich dumme Kuh, habe mich doch tatsächlich verguckt."

„Shit! Und was nun?", hakte Josi nach.

Ich lachte auf.

„Nichts! Keine Ahnung, was auch immer! Ich weiß nur eines! Langsam wird mir diese Situation zu heikel! Es wird am Besten sein, wenn ich mich eine zeitlang nicht mehr blicken lasse! Vielleicht erledigt sich dann alles von selbst!", gab ich verzweifelt zurück.

„Das glauben wir kaum!", ertönte es hinter mir.

Ich wirbelte herum.

Andy und Jeff hatten das Gespräch verfolgt.

Wütend wandte ich mich an Josi und Molly und giftete sie an.

„Danke Mädels! Echt fair von euch!"

„Mensch Sabrina! Sei doch froh! Nun wissen beide um was es geht!", warf Molly ein.

Ich schluckte.

„Können wir reden?", fragte Jeff vorsichtig nach.

Keine Reaktion von meiner Seite.

„Sabrina! Bitte! Es ist wichtig!"

Andy legte seine Hand auf meine rechte Schulte, die ich unwirsch abschüttelte.

„Fass mich nicht an!", zischte ich ihm entgegen.

Ich war so wütend, dass ich fast platzte.

Langsam stand ich auf.

„Fünf Minuten, länger nicht!", herrschte ich beide an.

„Okay!", ertönte es wie aus einem Mund.

„Oben?"

„Ja! SM-Zimmer!"

Ich eilte voraus und wünschte mir insgeheim, dass es noch mit den Russen und Estelle belegt war.

Zu früh gefreut. Gerade als ich den Türgriff berührte, wurde die Tür aufgerissen und die Meute stürmte mit Miss Hubenmonster im Schlepptau an uns vorbei. Alle sahen ziemlich fertig aus.

Ich konnte mir ein Grinsen nicht verkneifen.

Igor zwinkerte mir zu.

Estelle schien die Prüfung bestanden zu haben.

Allerdings konnten wir den Raum vergessen. Es stank als wenn eine Herde Büffel darin übernachtet hätte.

„Wohin jetzt?"

Ich überlegte.

Whirlpool und Sauna waren belegt.

„Außenbereich! Pool!"

Beide Männer nickten und folgten mir.

Was ich nicht bedacht hatte war, dass wir völlig nackt hinein steigen mussten.

Ich legte das Badehandtuch ab und hörte beide Kerle verhalten aufstöhnen.

Langsam drehte ich mich um und sah, dass ihre Rohre bereits wieder geladen waren.

„Vergesst es und kommt nicht auf dumme Gedanken! Wir sind zum Reden hier!"

Das Wasser war angenehm warm und ich schwamm einige Runden. Jeff und Andy warteten geduldig, bis ich mich zu ihnen gesellte. Abwartend blickte ich sie an.

Andy räusperte sich und begann zu reden.

„Sabrina, wir haben mitbekommen, was du gesagt hast und wollten wissen, wie es nun weitergehen soll. Jeff und ich sind uns einig, dass wir uns in dich verliebt haben. Leider ist das eine dumme Situation für uns alle und wir hätten da einen Vorschlag. Derjenige, der dich lang und ausdauernd befriedigen kann, soll dich auch bekommen. Was hältst du davon?"

Ich schloss die Augen und dachte, *wie blöde sind diese Kerle eigentlich, dass sie mit wer am Besten vögelt um meine Gunst warben.*

Zählten Gefühle nichts mehr?

Langsam wurde ich stinksauer und schwor mir, ihnen einen Denkzettel zu verpassen.

„Okay! Wer von euch möchte mich zuerst besteigen und richtig verwöhnen! Wo? Wie? Wann?"

Kalt warf ich ihnen diese Worte entgegen.

„Wir haben bereits Streichhölzer gezogen. Jeff macht den Anfang", erklärte Andy.

Wie dreist waren beide eigentlich.

Sie waren bereits davon ausgegangen, dass ich so eine Entscheidung ins Auge gefasst hatte.

Die Jungs wollten also ein Spiel spielen!

Okay, das konnten sie haben!

Allerdings nach meinen Regeln!

Das böse Erwachen sollte nachfolgen!

„Gut! Hier und jetzt der erste Fick! Später in meinem Haus!"

Beide waren einverstanden.

„Wer zuerst?", wollte Jeff wissen.

„Du! Hast du vergessen? Streichholz?"

Andy wünschte uns viel Spaß und zog sich diskret aus dem Pool zurück.

Ich wandte mich Jeff zu.

„Also, auf was wartest du? Fick mich endlich!"

Kalt sah ich ihm in die Augen.

„Sabrina ich……."

„Nicht reden! Ficken!", unterbrach ich ihn barsch.

Jeff sah mich irritiert an und kam auf mich zu.

„Okay, ich habe verstanden! So wie es aussieht, hast du bereits entschieden! Lohnt sich die Mühe für mich, es dir nochmals so richtig zu besorgen?"

„Teste es aus!"

Ich drehte ich um, hielt mich am Beckenrand fest und reckte ihm mein Hinterteil entgegen.

Jeff zögerte.

„Was ist nun? Soll ich Andreas rufen, dass er da weiter macht, wo du nicht wolltest? Besorgs mir end…."

Bevor ich den Satz zu Ende sprechen konnte, wurde ich von Jeff gepackt, herumgedreht, mit dem Rücken an den Rand gepresst und nach oben gehoben.

„Halt endlich deinen Mund!", gab er von sich.

Ungestüm suchten seine Lippen die meinen und dann küsste er mich.

Ich stöhnte, als seine Zunge die meine suchte und ließ den Dingen ihren Lauf.

Jeff spielte intensiv mit meinem Körper und entdeckte immer wieder neue erogene Zonen an mir.

Verzweifelt versuchte ich meine Gefühle in den Griff zu bekommen, denn so leicht wollte ich es ihm nicht machen.

Ich versteifte mich unbewusst, was auch er bemerkte.

„Sabrina, vergiss es einfach! Du wirst verlieren! Dafür kenne ich dich inzwischen zu gut!"

Grinsend blickte er mich an und bockte mich einfach so auf.

Aufstöhnend verkrallte ich mich in seinen Rücken und als er sich rhythmisch in mir bewegte, war es entgültig mit meiner Beherrschung vorbei. Zu meiner Schande musste ich mir eingestehen, dass er Recht behielt.

Diese Art von Sex, war einfach anders und ich hatte das Gefühl explodieren zu müssen.

Ich vergaß alles um mich herum, feuerte ihn kräftig an und forderte ihn auf, es mir richtig zu besorgen.

Jeff folgte meinem Wunsch nach und dann kamen wir zur gleichen Zeit.

Zitternd hing ich an ihm, während er keuchend noch ein paar Mal zustieß und seine Munition verschoss.

Langsam kamen wir zur Ruhe.

„Alles gut Sabrina? Noch eine Runde?", fragte Jeff.

Ich nickte und schüttele zeitgleich mit dem Kopf.

„Was denn nun? Ja oder Nein!", hakte er nach.

„Ja, es ist alles gut. Nein, ich kann nicht mehr."

Jeff lachte und sah mich an.

„Du kannst nicht mehr? Das aus deinem Mund, wo du immer so unersättlich bist? Sollte ich es doch geschafft haben, dich zu zähmen? Na warte, du Biest!"

Bevor ich etwas erwidern konnte, stieß er sanft zu und machte ungefragt weiter. Ich ließ es zu und schwebte kurz darauf in anderen Regionen.

Danach war ich mehr als satt.

Jeff zog sich aus mir zurück und küsste mich intensiv.

„Danke, Sabrina. Ich habe es sehr genossen und es tut mir leid, dass ich dich so enttäuscht habe. Kannst du mir verzeihen? Darf ich wieder hoffen?"

Ich nickte.

„Okay, begraben wir den Streit", erwiderte ich.

Jeff stieg aus dem Becken.

„Ich schicke dir gleich Andy und hoffe nur, du hast ebensoviel Spaß mit ihm, wie mit mir. Ich warte in der Gaststube auf deine Entscheidung."

Winkend verschwand er.

Ich lehnte mich an den Beckenrand zurück und ließ den erlebten Sex noch einmal Revue passieren. Jeff war voll auf meine Gefühle eingegangen und in mir kam der Verdacht auf, dass er sich heftig in mich verknallt hatte

Olga erzählte mir bereits, dass er in den vergangenen Wochen, wo ich mich nicht im Club hatte blicken lassen, sich nach mir erkundigt haben musste und auch sonst seine flinken Fingerchen von den Damen gelassen hatte. Für Jeff und seinen heftigen Sextrieb, musste das schwierig gewesen sein.

Ich grinste.

Nur was sollte ich jetzt machen.

Andy war auch noch da.

Apropos........wo blieb er eigentlich?

Es war schon einige Zeit vergangen und er ließ sich nicht blicken.

Sollte Jeff ihn absichtlich nicht informiert haben, dass er nun an der Reihe war?

Nein! Konnte ich mir nicht vorstellen!

Ich wartete noch ein paar Minuten und machte mich dann auf die Sache nach meinem nächsten Reiter.

Vielleicht hatte Andy sich verquatscht und saß mit Jeff in der Gaststube.

Ich trat ein und schaute mich um. Jeff erblickte ich sofort. Er saß bei Molly und Josi und unterhielt sich.

Fragend schaute er mich an.

„Hast du Andreas informiert?"

„Ja, warum fragst du? Ist er nicht bei dir gewesen?"

Ich schüttelte den Kopf.

Ein Typ am Nebentisch hatte unser Gespräch verfolgt und mischte sich ein.

„Süße, da kannste aber lange suchen! Der fickt gerade ganz oben unterm Dach, wo sich sonst unsere Homos die Gayfilme reinziehen, so eine Blondine mit riesigen Monstertitten. Die beiden sind nicht zu überhören, denn sie kreischt in allen Tonlagen und ihm scheint es außerordentlich zu gefallen. Die haben da oben schon alles eingesaut. Vorhin waren noch ein paar Kerle mit dabei, die ihr wirklich alle Löcher gestopft haben. Die ist unersättlich. Mein Sperma hat sie auch schon zu sich genommen. Also blasen kann sie ja super und den letzten Tropen aus einem Kerl saugen, aber vom Pimpern versteht sie nicht viel", gab er lachend von sich.

Ich stand auf und eilte nach draußen.

Wenn das stimmen sollte, war es das Aus für Andy.

Zwei Stufen auf einmal nehmend stürmte ich nach oben und da hörte ich diese Schnalle auch schon.

„Andyyyyy! Ja! Ja! Tiefer bis zum Anschlag! Du geiler Hengst du! Ich kommeeeee! Und jetzt piss mich an!"

Ich glaubte mich verhört zu haben und blieb stehen.

Stand Andy etwa auf solche Spiele und hatte mich die ganze Zeit nur verarscht?

Vorsichtig näherte ich mich dem Raum und sah den beiden unbemerkt zu.

Andy zog gerade seinen Prügel aus ihrem Hintern.

Estelle drehte sich ihm zu und ließ sich die ganze Soße ins Gesicht spritzen. Kreischend leckte sie sich über die Lippen, verlangte mehr, nahm seinen Schwanz in den Mund und lutschte ihn komplett aus.

Andreas stöhnte und feuerte sie kräftig an, ihn blutig zu lutschen.

Estelle lachte.

„So du geile Sau! Nun möchte ich deinen Natursekt auf meinem Körper spüren! Erst in den Mund, damit ich schlucken kann und dann über meinen Körper. Ich denke wir verziehen uns dazu in die große Dusche!"
Besitzergreifend zog sie ihn hoch und hinter sich her.
Ich folgte beiden mit Abstand.
Estelle ging auf die Knie, nahm das Teil von Andy in den Mund, während er ihn hielt und platzierte.
„Jetzt verpasse mir schon einen Schuss!", forderte sie.
Andy stöhnte auf und schon schoss einen Strahl aus seinem Pimmel.
Sie schluckte und lachte.
Ich schluckte auch, aber vor Ekel.
„Geil! Einfach nur geil und lecker! Und nun darfst du mich von oben bis unten bepissen! Nun mach schon!"
„Stell dich hin du Schlampe! Echt toll mit dir! So was hätte ich mit Sabrina nie machen können! Die Ficks mit ihr waren zwar super, aber das hier übertrifft alles! Achtung! Pisse marsch!"
Er stellte sich in Position und bepisste sie gezielt von oben bis unten.
„Ohhhhh! Schön warm! Mach weiter!", feuerte sie ihn an.
Kurze Zeit später hatte er sich entleert.
„Nun du!", wandte er sich an Estelle.
Nein, schoss es mir durch den Kopf.
Andy legte sich auf den Duschboden, sie stellte sich darüber und pinkelte ihm über das Gesicht.
Anscheinend fand er das so erregend, dass sein Teil in Nullkommanix stand wie eine Eins.
Ich hatte genug gesehen!
Angewidert drehte ich um und wollte gehen, als ich im gleichen Moment mit Jeff zusammenstieß.
Unsere Blicke trafen sich.

„Alles in Ordnung, Sabrina?"

Ich schüttelte mit dem Kopf und rannte würgend zur nächsten Toilette.

Danach ging es mir besser.

Jeff hatte gewartet und bugsierte mich vorsichtig in das SM-Zimmer.

„Du wartest jetzt hier! Es besteht Redebedarf! Ich hole uns etwas zum Trinken!", gab er von sich.

Ich hatte schon viel erlebt, aber das gerade war die Krönung gewesen. Schüttelnd setzte ich mich auf das Lederbett. Nun, manche Menschen bevorzugten eben besondere Sexpraktiken, mit denen ich jedoch nicht konform ging.

Jeff kam zurück und reichte mir ein Glas mit Cola.

„Danke!"

„Willst du reden?"

„Nein, ich denke du hast mitbekommen, was da oben zwischen den beiden ablief. Kommentare sind da wohl überflüssig. Ich muss das jetzt erst einmal verdauen und runterspülen", erwiderte ich.

Mit einem Schluck trank ich die Cola aus und fing an zu husten.

„Boahhhh! Mein Gott! Jeff! Was war in dem Getränk? Mehr Whisky als Cola? Spinnst du? Ich vertrag nichts und bin sofort besoffen! Ach, scheiß drauf!"

Immer noch hustend reichte ich ihm das Glas zurück.

„Besser?"

„Ja! Zumindest ist jetzt der eklige Geschmack weg! Kann ich noch eines bekommen?"

Jeff lachte, erhob sich und verschwand erneut.

Das Zeug wirkte langsam.

Kichernd zog ich mich aus, legte den Bademantel auf das Bett und mich dazu.

Jeff erschien und stellte die Gläser ab.

„Was hast du vor?", fragte er mich.

„Im Moment nichts. Ich fühle mich gerade so richtig frei und enthemmt."

Jeff grinste.

Ich zwinkerte ihm zu, klopfte mit der Hand aufs Bett und forderte ihn auf, sich neben mich zu legen.

Er folgte meinem Wunsch und dann überkam es mich. Ich setzte mich, so wie ich war, über ihn und begann ihn zu befummeln.

Sein erstauntes Gesicht brachte mich zum Lachen.

„Sabrina? Weißt du eigentlich, was du da machst?"

„Ohhh jaaa! Ich mache dich scharf und dann reite ich dich bis zum Letzten Tropfen! Jetzt halt still!"

Bevor er noch etwas von sich geben konnte, küsste ich ihn.

Jeff floss dahin, erwiderte meine Küsse, zog mich zu sich herunter und Sekunden später vergaßen wir alles um uns herum.

Der Alkohol, den ich vorher zu mir genommen hatte, tat seine Wirkung.

Irgendwann lösten wir uns völlig überhitzt und mehr als schweißgebadet voneinander.

„Heilige Scheiße! Sabrina, was für ein geiler Ritt. Ich glaube, ich darf dir öfters Alkohol davor verabreichen. Wahnsinn, was für eine sinnliche Frau du bist. Schade, dass ich nicht mehr kann, sonst würde ich die ganze Nacht mit dir durch machen."

Ich blickte ihn an.

„Wenn du möchtest Jeff, kannst du mit mir nachhause und wir verbringen den Rest vom Wochenende nur im Bett."

„Soll das etwa heißen, du hast dich entschieden? Für mich?", hakte er nach.

„Deine Chancen stehen jedenfalls nicht schlecht."

„Ich werde dich nicht enttäuschen", versprach er.

Grinsend stand ich auf, schnappte meinen Bademantel und verzog mich in Richtung der Duschräume.

Jeff folgte mir.

Auf halbem Weg trafen wir auf Andy, der Estelle im Schlepptau hatte.

„Sabrina, da bist du ja endlich? Ich suche dich schon seid geraumer Zeit! Gerade bin ich durch Zufall auf Estelle gestoßen. Was haltet ihr eigentlich von einem flotten Vierer?"

Ich verdrehte die Augen.

„Nein Danke! Lass mal Andy! Auf Spielchen wie du sie bevorzugst, habe ich keine Lust. Du hast leider deine Chance vertan. Ich habe mich aus diesem Grund für Jeff entschieden. Viel Spaß weiterhin mit euren Pissstudien, damit kannst du, wenn es dir zu heiß wird, deine neue Flamme löschen!"

Andy guckte mich blöde an, ich grinste und zog Jeff hinter mir her.

„Autsch! War ganz schön fies von dir! Ich hoffe er muss nicht so arg leiden", gab er von sich.

„Pfffff! Der doch nicht! Mir wird schon wieder übel, wenn ich an die Szene von vorhin denke. Nun komm, die Dusche wartet."

Ich drängte Jeff eilig in die Kabine und zog hinter mir den Vorhang zu. So hatten wir Ruhe vor neugierigen Blicken.

Während ich mich duschte, zog Jeff schon wieder alle Register.

Sein Freudenspender stand bereits wie eine Eins, als ich mich umdrehte und wartete auf seinen Einsatz.

Ich lachte.

„Verdammt Sabrina, dein nackter Arsch in gebückter Haltung bringt alles in Wallung. Am liebsten würde ich dich hier erneut vernaschen. Komm her du geile Stute, ich werde dich gründlich einseifen und dann sehen wir, was daraus wird."

Besitzergreifend griff er nach mir.

Ich quietschte auf, rutschte weg und dann landeten wir beide auf den Fließen.

Lauwarm plätscherte das Wasser aus dem Duschkopf auf uns.

Jeff lag über mir, grinste und drang ohne Vorwarnung in mich ein.

Aufstöhnend verschloss ich meine Augen, schob mich ihm entgegen und wartete.

Jeff umklammerte mich, verfiel in kurze rhythmische Bewegungen, stöhnte und knabberte dabei genüsslich an meinem linken Ohrläppchen.

Ich keuchte, schlang meine Beine um ihn und genoss.

„Sabrina, ich möchte dich nicht mehr loslassen. Noch ein paar Stöße und dann nagle ich dich richtig an den Wänden fest. Komm!"

Er entfernte sich gerade in dem Augenblick aus mir, als ich den ersten Orgasmus hatte. Ich verkrallte mich in seinem Rücken und zog ihn zu mir herunter.

Fordernd küsste ich ihn und verbiss mich regelrecht in seine Lippen.

Bestimmend löste er sich von mir und rutschte in die unteren Regionen meines Körpers.

Sanft öffnete er meine Beine, versenkte seinen Kopf und besorgte es mir ordentlich mit seiner Zunge. Ich kam mehrere Male und verkrallte mich dabei in seinen Haaren.

„Genug oder soll ich weitermachen?", fragte er nach.

Ich richtete mich auf.

„Das Pensum an Sex für den Moment ist erreicht! Was hältst du davon, wenn wir uns erst etwas stärken? Wir

können dann weitermachen oder zu mir nachhause."
Jeff erhob sich, reichte mir seine Hand, die ich ergriff und zog mich hoch. Mit Nachdruck klatschte er mir auf den Po.
„Geile Schnitte! Ich werde schon wieder scharf! Nun zieh doch endlich deinen Bademantel über!"
Argwöhnisch blickte ich ihn an.
„Ja! Ich gebe es ja zu! Ich habe Viagra geschluckt!"
„Nicht schon wieder! Na, das wird eine lustige Nacht! Also, wollen wir nun hier verbleiben oder zu mir?"
„Wir bleiben hier! Ich verführe dich noch ein wenig und morgen fahren wir zu dir und machen da weiter! Ist das okay für dich? Wenn ja, buche ich bei Olga eines der Gästezimmer für die Nacht."
Ich überlegte kurz und nickte.
Jeff grinste und zwinkerte wissend.
Molly und Josi erwarteten uns bereits.
„Na endlich! Biggi ist gerade nach oben. Der Typ den sie sich geangelt hat, besitzt einen ziemlich dicken und äußerst langen Pimmel. Er hat ihn uns gezeigt. Ich war entsetzt. Dreißig Zentimeter das Ding. Sie wollte es so und meinte, sie bräuchte mal was Stattliches zwischen ihre Schenkel und nicht so ein Wiener Würstchen, wie von ihrem Alten. Die traut sich was!", erzählte Molly.
Josi lachte.
„Na, dann bekommt sie doch endlich einmal so richtig guten Sex. Wird auch langsam Zeit."
Jeff und ich sahen uns an.
„Wir bleiben über Nacht und fahren morgen zu mir. Ich habe mich für Jeff entschieden"
Fragend blickten mich Josi und Molly an.
In Kurzform erklärte ich, was vorgefallen war.
„Pfui Teufel! Ich kotze gleich! Boah! Wusste ich doch, dass mit Andy was nicht stimmt!", ergänzte Josi.

Molly war sichtlich blass geworden.

„Sabrina? Ich muss dir was gestehen! Ich habe vor ein paar Tagen mit Andy gevögelt. Kurz nachdem er es in einer der Kabinen, Estelle besorgt hat. Er meinte, es wäre mit dir abgesprochen. Du hättest es befürwortet und da er schon immer mal mit einer Molligen wollte, war die Gelegenheit günstig. Wir haben es auf dem Verkaufstisch getrieben. Bist du jetzt böse? Mir wird schlecht, wenn ich daran denke, auf was er beim Sex steht. Eklig!"

Ich stierte Molly an und musste das Gesagte verdauen.

„Na, prickelnd ist es nicht, was du mir erzählst, aber ändern kann ich es nicht und mir ist es auch völlig egal. Das Thema Andy ist erledigt. Soll er bepissen, was und wen er will", gab ich lachend von mir.

Alle grinsten.

Jeff stand auf, eilte zu Olga, orderte ein paar Getränke, bestellte ein Gästezimmer und kam dann mit vollen Gläsern an den Tisch zurück.

„Haut rein Mädels! Auf den Schreck müssen wir einen heben."

Wir prosteten uns zu und just in diesem Moment, kam eine der SoloDamen an den Tisch.

Etwas irritiert blickten wir sie an.

Ohne etwas von sich zu geben, ging sie in die Knie, zog Jeffs Bademantel zur Seite und machte sich über sein bestes Stück her. Bevor überhaupt einer von uns reagieren konnte, hatte sie ihn im Mund und machte eindeutige Bewegungen. Ich hörte nur noch, wie Jeff aufstöhnte und mich hilfesuchend anblickte. Versuche unsererseits dieses Miststück von ihm zu drücken, war nicht möglich. Sie hatte sich so an ihm festgesaugt, dass er damit rechnen musste, wenn er sie mit Gewalt von sich riss, dass sie sein Teil verletzte. Er musste es geschehen lassen und ich saß da und guckte nur zu. Die Anwesenden hatten mitbekommen, was passierte. Einige grinsten, andere schüttelten mit dem Kopf und ich hörte, wie sie sich über diese *dreckige Drogenschlampe* ausließen. Nach ein paar Minuten spritzte Jeff ab, sie entließ ihn aus ihrem Mund, leckte sich die Lippen und wischte sich das Sperma aus den Mundwinkeln. Provozierend langsam stand sie auf und verschwand grinsend auf ihren Platz zurück.

Jeff war so geflasht, dass er keinen Ton von sich gab. Molly und Josi blickten mich entsetzt an.

Ich erhob mich, verließ ohne ein Wort den Raum und sann auf Rache.

So eine Mistbiene!

Es war nicht das Erste Mal, dass diese Schlampe sich so eine Aktion erlaubt hatte. Aus guter Quelle wusste ich, dass sie sich hier Geld nebenbei verdiente. Sie war Drogenabhängig, hatte einen Zuhälter und der Chef dieses Etablissement nutzte sie als Zugpferdchen.

Ich war so in Gedanken versunken, dass ich mit der Truppe russischer Zuhälter zusammenstieß.

Erschrocken blickte ich hoch.

„Na Zuckerschneckchen! Lust auf Ficki mit vier sehr gut ausgestatteten Herren?", kam die Ansage.

In diesem Moment mischte sich Igor ein und beredete in seiner Landessprache etwas mit seinen Kumpels.

„Sabrina? Was ist los? Du bist blass im Gesicht! Ist etwas passiert?"

Ich nickte und erzählte was gerade vorgefallen war.

Igor wandte sich erneut an seine Freunde, alle nickten und dann klopfte er mir auf die Schulter.

„Keine Bange, die übernehmen wir. Haben schon von einigen Damen gehört, was mit der los ist. Bis dann."

Kurz darauf war er mit seiner Truppe im Gastraum

verschwunden.

Ich machte mich auf den Weg in den Außenbereich.

Nachdem ich meinen Bademantel ausgezogen hatte, stieg ich in den Pool und schwamm einige Runden um meinen Kopf frei zu bekommen. Für mich stand fest, dass ich nur vom Pech verfolgt wurde. Ich bekam die Szene von vorhin einfach nicht aus meinem Hirn.

„Sabrina?"

Jeff!

Ich schluckte.

„Ja?"

„Darf ich mich zu dir gesellen?"

„Ja."

Da dieser Außenbereich zu später Stunde nur noch spärlich erleuchtet war, hörte ich, wie er in den Pool stieg und sich mir näherte.

„Sabrina, ich........."

Ich unterbrach ihn schroff.

„Jeff, lass es gut sein! Ich möchte jetzt nichts hören! Es war heute einfach too much! Erst Andy, dann diese miese Schnalle! Ich weiß, du konntest nichts dafür und ich muss das alles erst einmal verdauen! Ich denke, wir gehen heute getrennt nachhause! Mein Kopfkino spielt verrückt! Wenn du möchtest, kannst du dich im Laufe des morgigen Tages bei mir melden und wir sehen was dann aus der Beziehung wird! Ist das okay für dich?"

„Ich werde es so hinnehmen müssen", gab er seufzend von sich.

Im gleichen Moment tauchten Andy und Estelle auf.

„Sorry, ich gehe jetzt! Das ist mir einfach zu viel!"

Entnervt stieg ich aus dem Pool und hörte hinter mir wie Estelle vor sich hingiggelte und Jeff fragte, ob er einen flotten Dreier in Augenschein nehmen könnte.

Was daraus wurde, wollte ich nicht wissen und eilte in

die Gaststube.

Biggi war inzwischen zurück, strahlte über alle vier Backen und hatte wohl den geilsten Sex ihres Lebens.

„Mädels, wollt ihr noch hier bleiben oder nachhause? Ich fahre dann mit euch zurück. Mein Bedarf ist im Moment gedeckt."

Biggi schaute mich fragend an und ich gab ein kleines Resümee ab.

„Ach, du Scheisse! Sorry! Die Kerle sind einfach das Letzte! Meinst du, dass Jeff das Angebot von diesem Tittenmonster angenommen hat?"

Ich zuckte mit den Schultern.

„Und wenn, kann ich es auch nicht ändern! Wir sind nicht liiert und der Verstand der meisten, zumindest der meisten jungen Männer, sitzt definitiv zwischen den Beinen!", gab ich wütend von mir und stand auf.

Ich musste dringend zur Toilette und verabredete mich dann mit den Mädels vor der Umkleide.

Mit Nachdruck riss ich die vermeintlich klemmende Tür auf und touchierte Jeff am Kopf, der schmerzhaft aufschrie.

„Verdammt, was ...."

Ich entschuldigte mich und stürmte weiter.

„So warte doch, Sabrina!", rief Jeff und erwischte mich am Gürtel des Bademantels.

Ich stoppte.

„Was willst du?", hakte ich nach.

„Dich! Einfach nur dich!", kam zurück.

Blablabla........dachte mein Gehirn.

Aus den Augenwinkeln, sah ich Estelle, die auf uns zukam.

„Na, du heißer Reiter! Nun machst du fleißig weiter! Der Beischlaf war rasant! War schöner als wir dachten, so dass wir es gleich zweimal hintereinander machten!

Bekommst nicht genug und hast die nächste schon am Start!"

Jeff wurde blass.

„Verdammt! Estelle was soll das jetzt? Du weißt ganz genau, dass vorhin zwischen uns nichts vorgefallen ist! Warum tust du das?", brüllte er sie an.

Sie lachte schrill auf.

„Meinst du, dass glaubt dir Sabrina?", konterte sie.

Mir reichte es entgültig.

Ich ließ beide stehen und verschwand auf die Toilette.

Während ich noch über den Einwurf von Madam Tittenmonster grübelte, drangen aus der Nebenkabine mehr als eigenartige Geräusche.

„Jaaaaa! Es kommt gleich! Weiter so! Bück dich doch etwas, damit ich tiefer eindringen kann! Jetzt! Ja!"

Da bekam es jemand ordentlich und kräftig besorgt. Die Trennwand zur Nebentoilette musste einiges an Stößen aushalten und knackte verdächtig. Ich verkniff mir schmunzelnd einen Kommentar und verließ den Raum.

Jeff hatte gewartet und kam auf mich zu.

„Es ist nichts vorgefallen! Bitte glaub mir doch!"

„Ich möchte heute nichts mehr hören! Komm morgen wie verabredet zu mir und dann sehen wir weiter!"

Die Mädels waren bereits angekleidet und warteten auf mich.

Ich riss ungeduldig meine Utensilien aus dem Spind, behielt den Bademantel an, schlüpfte in meine Schuhe und signalisierte, dass ich zur Abfahrt bereit war.

„Sooooo?", kam es wie aus einem Mund.

„Ja! So! Es sieht mich eh keiner!", gab ich zurück.

Olga verabschiedete sich von uns und wünschte ein schönes Wochenende.

Kurz darauf fuhren wir vom Parkplatz.

Für die nächste halbe Stunde herrschte vollständige Stille vor und jeder hing so seinen Gedanken nach.

Biggi brach zuerst das Schweigen.

„Mädels, ich sag's euch. Ich hatte nach dreißig Jahren Ehe, heute meinen ersten richtigen Orgasmus. War das ein geiles Gefühl. Der Typ hat mich fünfmal hart und ohne Tabus geritten. Mir tut da unten alles weh, aber es war traumhaft. Wir treffen uns jetzt öfters. Sag mal Sabrina, kann ich ihn auch zu deinen Abenden, die du veranstaltest mitbringen? Er möchte es uns mal allen zur gleichen Zeit besorgen! Natürlich wie immer! Na! Wer weiß es?"

Wir lachten und dann kam es wie aus einem Munde.

„Doggystellung! Was sonst!"

„Klar, auf alle Fälle! Bring ihn mit! Mal sehn, was er so aushält", gab ich von mir.

„Was macht ihr morgen? Beziehungsweise heute! Es ist ja schon Sonntag!", hakte Biggi nach.

Josi und Molly erklärten, dass sie noch nichts in der Planung hatten.

Biggi war es egal und ich erwähnte, dass Jeff vielleicht auftauchen würde.

„Mensch, wir machen uns einen tollen Sonntag. Ich rufe meinen Stecher an und ihr Mädels organisiert den Rest. Was haltet ihr davon, wenn wir einen blauen und äußerst durchfickten Montag einlegen. Mein Salon ist eh zu und ihr habt doch sicherlich noch Überstunden zum Abfeiern. Also?", warf Biggi ein.

Wir stimmten zu.

Kurze Zeit später fuhren wir an meinem Haus vor.

„Bis nachher, so gegen 18 Uhr! Ist das okay Mädels?", gab ich von mir.

Alle stimmten zu.

Ich gähnte, schloss meine Tür auf und eilte ins Bad.

Raus aus dem Bademantel, unter die Dusche und dann ein paar Stunden Schlaf zum regenerieren.

Gesagt, getan!

Traumlos schlief ich bis in den späten Vormittag.

Kaffeeduft stieg mir in die Nase.

Wieso eigentlich?

Ich befand mich doch alleine im Hause.

Erschrocken schoss ich hoch.

Was zum Teufel?

„Guten Morgen, Sabrina. Ich hoffe du hast dich von gestern gut erholt."

„Jeff? Verdammt, wie bist du ins Haus gekommen?"

„Die Terrassentür stand offen. Ich bin bereits in der Nacht eingetroffen. Da du schon geschlafen hast, habe ich im Wohnzimmer gepennt. Ich hoffe es war recht."

Mir lief es eiskalt den Rücken hinunter.

In Zukunft musste ich besser darauf achten, die Türen und Fenster verschlossen zu halten, bevor mir noch ernsthaft was passierte.

„Ja, ist okay. Wie ich rieche hast du Kaffee gekocht."

„Nicht nur Kaffee, auch Brötchen frisch aufgebacken. So und nun werde ich dich in die Küche tragen."

Bevor ich reagieren konnte, schnappte er mich und eilte mit mir an den Frühstückstisch.

Ich staunte nicht schlecht.

„Na, das hat sich aber einer Mühe gegeben. Danke."

„Für dich immer, Sabrina."

Sanft setzte er mich in den Stuhl und grinste.

Ich langte kräftig zu und ließ es mir schmecken.

„Jeff?"

„Ja?"

„Die Mädels kommen heute gegen achtzehn Uhr und

bringen Anhang mit. Biggi ihren neuen Stecher, der uns mal richtig vögeln möchte. Ich hoffe dich stört es nicht. Du kannst gerne bleiben und wenn du möchtest auch mitspielen. Ich hab nichts dagegen."

Jeff schaute mich durchdringend an.

„Eigentlich wollte ich es dir heute so richtig besorgen und mit dir den Tag verbringen. Nun, dann eben ein neues Programm. Macht auch nichts."

Ich grinste in mich hinein.

So wie er reagiert hatte, war es ihm gar nicht recht.

Jeff war eindeutig eifersüchtig.

„Ach, wir haben davor eine Menge Zeit und können ja fleißig umeinanderficken. Am besten fangen wir gleich in der Dusche damit an. Ich bin scharf und möchte es tabulos von dir haben", reizte ich ihn an.

Langsam zog ich meinen Slip aus und reckte ihm mein pralles Hinterteil entgegen.

„Verflucht! Sabrina! Du weißt, was gleich passiert! Ich spieße dich hier auf und schiebe dich ins Bad! Das ist unfair!", gab er stöhnend von sich.

Ich drehte mich um und griff ihm in den Schritt.

„Ohhhh, standing Ovation! Extra für mich! Nun, dann walte deines Amtes du Hengst!"

Demonstrativ drehte ich mich erneut um, bückte mich und reckte ihm erneut meinen Po entgegen.

Jeff stöhnte auf, griff mir zwischen die Beine und fing an, meine Schamlippen zu reizen. Langsam kam ich in Fahrt. Als er meine Brustwarzen stimulierte, verlor ich meine Beherrschung. Mit einer Handbewegung fegte ich den Frühstückstisch frei und lehnte mich darüber.

„Nun zeigs mir!", feuerte ich ihn an.

Jeff spreizte meine Beine, fummelte aufgeregt an mir herum, riss sich die Hose ungeduldig herunter und steckte mir seinen prallen Prügel hinein. Ich stöhnte auf und hielt mich an den Tischseiten fest.

Langsam aber fordernd, bewegte er sich in mir.

„Nun geht die Post ab! Sabrina, komm mir mit deiner Möse etwas entgegen. So ist es gut", kommentierte er.

Gleichmäßig stieß er zu und steigerte dazwischen den Takt. Wir kamen in Einklang und ich war diesmal so geil, dass ich alles aus mir heraus schrie.

Jeff reizte das ungemein an und er bearbeitete mich mit einer Intensität, die ich von ihm nicht kannte.

Während eines Orgasmus, zog er sich aus mir zurück und drehte mich um.

„Setzt dich auf den Tisch und rutsche bis vor an die Kante", hauchte er mir zu.

Ich beeilte mich und schon war er wieder in mir.

Wie zwei Ertrinkende klammerten wir uns aneinander fest und Jeff vögelte, was das Zeug hielt.

Ich keuchte und schrie und dann kam es Jeff.

Pulsierend ergoss sich sein Samen in mich.

Jeff küsste mich und trug mich aufgebockt in Richtung Badezimmer.

Ich umschlang seinen Körper mit meinen Beinen und hoffte, dass er gleich wieder bereit war.

Er schien meine Gedanken gelesen zu haben.

„Keine Angst, Baby! Ich habe eine Viagra eingeworfen und du bekommst es anständig besorgt. Dir wird die Lust auf andere Männer vergehen", prophezeite er.

Also doch eifersüchtig, streifte mich kurz ein Gedanke und schon legte er wieder los. Während er mich an die Wand presste, stieß er zu und schon stand sein Teil wie eine Eins. Ich spürte direkt, wie es in mir wuchs.

„Oh mein Gott! Wie geil!", schrie ich.

„Es wird noch geiler werden!", versprach er.

Jeff nagelte und nagelte, bis es mir wieder kam.

„Genauso wollte ich das! Dich völlig enthemmt und

schreiend nach mehr! Gib mir alles, Sabrina!"

Ich schwebte irgendwo zwischen den Welten.

Jeff schleppte mich, nass wie ich war in den Keller und legte mich dort auf das Lotterbett.

Bevor ich noch einen Kommentar abgegeben konnte, lag er mit seinem Kopf zwischen meinen Beinen und leckte und sog wie ein Wahnsinniger. Ich genoss nur noch und schwebte auf Wolke sieben.

Zwischendurch nutzte er einige Spielsachen.

Somit verschaffte er sich kleine Pausen und mir viel Hochgenuss in allen Variationen.

Ich war schweißüberströmt, als er von mir abließ.

Zitternd und stöhnend lag ich auf dem Bett.

„Hast du genug?", fragte er lachend nach.

„Nein, dass war doch so gut wie nichts!", gab ich frech zurück.

„So, dass war also nichts! Nun, dem kann abgeholfen werden. Wir haben jede Menge Spielartikel hier! Dann nimm mal die berühmte Doggystellung ein und lasse dich überraschen!"

Ich gehorchte.

Jeff stand auf, verschwand kurz, brachte aus meinem Schlafzimmer meine persönlichen Sextoys mit und so bekam ich eine spezielle Behandlung der besonderen Art. Nach drei Stunden war ich fix und fertig.

„Und? Immer noch fit?"

Ich schüttelte mit dem Kopf.

„Nein! Ich habe dich wohl unterschätzt!"

Er lachte und hob mich hoch.

Ich strampelte mit den Beinen.

„Was hast du vor?"

„Liebesschaukel oder Andreaskreuz? Ich bin immer noch scharf wie eine Granate!"

„Ich kann nicht mehr!"

„Du musst! Stell dich nicht so an!"

„Jeff? Kann es sein, dass du eifersüchtig bist und mich so strafen willst, wegen heute Abend?"

„Nein! Wie kommst du auf so was? Die Viagra wirkt immer noch und mein Pimmel hat einen Dauerständer der tierisch weh tut. Noch ein paar Schuss und gut ist! Oder willst du, dass ich Estelle anrufe und besteige?"

„Untersteh dich! Gut, dann entscheide du."

„Andreaskreuz! Dein praller Hintern hat es mir extrem angetan. Ich brauche nur daran zu denken und schon steht mein Pimmel wieder."

Ich lachte.

Jeff schnallte mich daran fest und brachte mich in die berühmte Position.

Nach einer halben Stunde war ich nicht mehr in der Lage alleine zu stehen, geschweige zu Laufen.

Jeff trug mich in mein Bett und küsste mich.

„Siehst du, Sabrina! Das verstehe ich unter geilem Sex! Ich hoffe, dass ich dich zufrieden gestellt habe. Ich bin es auf alle Fälle! Und hast du immer noch Appetit auf andere Schwänze heute abends?"

„Keine Ahnung! Warten wir es ab!", gab ich von mir und streckte ihm meine Zunge heraus.

„Biest", gab er von sich und hieb mir auf den Po.

„Schluss jetzt! Ich benötige dringend und das noch heute, einige Sachen aus dem Laden von Molly. Hast du Lust mich zu begleiten, Jeff?"

„Wie jetzt? Heute ist doch Sonntag und die Geschäfte haben geschlossen?", verwirrt starrte er mich an.

Ich lachte.

„Nicht für mich! Molly erwartet die Mädels und mich. Sie hat eine neue Kollektion bekommen. Scheinen ein paar heiße Sachen dabei zu sein. Tja, du als versierter Mann könntest eigentlich deinen Senf dazu geben, ob in oder out. Vielleicht könntest du einige Teil direkt vor Ort austesten. Was hältst du davon?", fragte ich und zwinkert ihm zu.

Jeff schaute mich entgeistert an.

„Sorry, aber ich stehe überhaupt nicht auf das Tragen von Damenwäsche."

Ich lachte los.

„Ohhh mein Gott, Jeff! Du sollst die Klamotten nicht anziehen, sondern die Dessous antesten. Damit meinte ich, ob sie für dich als Mann ansprechend, sexy und raffiniert genug aussehen. Einige sind im Schritt offen. Hier kannst du vor Ort ausprobieren, ob es angenehm für den Mann ist beim Sex oder eher störend."

„Ach so! Wen darf ich denn da antesten und meinen Senf dazu geben? Nur dich oder jede die das gerade trägt", gab er grinsend zurück.

Ich schnaufte.

„Wieder mal typisch für euch Kerle, diese Frage. Fick doch wen du willst. Sind eh nur die Mädels und ich vor Ort. Los, zieh dich jetzt an!"

Eine halbe Stunde später trafen wir vor dem Laden von Molly ein, wo wir bereits halbnackt empfangen wurden.

Jeff stöhnte auf.

„Boah, wie soll ich denn da meinen Lümmel unter Kontrolle halten, bei diesem Anblick."

Molly drehte sich um und grinste.

„Gar nicht mein Lieber. Lass deinem tierischen Trieb freien Lauf. Ich glaube Sabrina hat nichts dagegen, wenn du die eine oder andere von uns vögelst."

Ich zwinkerte und nickte.

„Also du Hengst, zeig uns was du drauf hast."

Jeff schmunzelte.

„Na, dann führt mal eure Dessous vor. Was mich

anspricht, wird gleich getestet."

Wir ließen uns das nicht zweimal sagen und zogen uns schnell um.

Molly hatte nicht zuviel versprochen, sie hatte eine durchaus sehenswerte Kollektion an Land gezogen.

Wir stellten uns vor Jeff auf, der bei unserem Anblick mehr als Schweißausbrüche bekam.

„Leute mein Höschen wird langsam eng im Schritt!"

„Zieh sie doch aus! So können wir sehen, was deinen Kleinen da unten anreizt und was nicht! Abgespritzt wird später!", rief Josi.

Wir geizten nicht mit unseren Reizen und nach kurzer Zeit war Jeff für den ersten Ritt bereit.

„Ich wollte schon immer einmal mit einer molligen so richtig vögeln. Wenn Sabrina wirklich nichts dagegen hat, wähle ich Molly. Diese Netzhose im Schritt offen, geilt mich enorm auf."

Molly blickte mich an.

„Kein Problem, Jeff. Ich hole mir Appetit für nachher, wenn die Party steigt."

Molly schritt auf Jeff zu, drehte sich um, spreizte ihre Beine und ging in Doggystellung.

Jeff stöhnte auf, bat mich ihm einen zu blasen, damit er gleich zum Schuss kommen konnte. Ich drückte ihn auf einen der Stühle, ging in die Hocke, nahm sein Teil in den Mund und tat mein Bestes. In Nullkommanix stand sein Pimmel wie eine Eins. Eilig stülpte er ein Kondom über und zwinkerte mir zu.

Er stand auf, trat hinter Molly, testete an, ob sie schon feucht genug war und versenkte sein Teil präzise in ihre Möse. Molly stöhnte auf und bat um einen Stuhl, damit sie sich festhalten konnte.

Josi kam ihrem Wunsch nach.

Für mich war es schon etwas eigenartig, Jeff beim

Bumsen einer Freundin zuzusehen. Andererseits geilte es mich auf.

Jeff bearbeitete Molly mit heftigen Stößen, was diese mit spitzen Schreien quittierte und um mehr bat, als sie ihren Orgasmus bekam.

Kurz bevor Jeff kam, zog er sich aus ihr zurück und entfernte das Kondom. Mit gezielten Schritten kam er auf mich zu, zog mich an sich und küsste mich.

„Sabrina, nun bist du dran. Dein Dessous ist bis jetzt das schärfste in dieser Runde, deshalb habe ich mir den Schuss für dich aufgehoben. Danke Molly! Deine Möse ist nicht zu verachten und eventuell komme ich heute abends auf dich zurück. Mädels euch nehme ich mir nach Sabrina vor."

Nach diesen Worten schnappte er mich, brachte mich in die Stellung, die schon Molly innehatte und dann legte er los. Ich genoss es, kam schneller als gedacht und dann war Jeff bereits bei der nächsten zu Gange.

Erneut hatte er sich ein Kondom übergestreift.

„Nur mit dir ohne Gummi!", bemerkte er.

Ich grinste.

Wir waren so in unserem Element, dass wir gar nicht den Zaungast bemerkten, der sich zu uns gesellt hatte.

„Darf man hier mitspielen?"

Erschrocken fuhren alle herum und Totenstille kehrte ein.

Molly hatte vergessen die Ladentür abzuschließen.

Unser Zuschauer stand bereits mit geladenem Rohr in der Hand vor uns und juckelte sich einen ab.

Nach dem ersten Schock, brachen alle in Gelächter aus.

Josi fing sich zuerst.

„Ja, aber klaro darf man hier mitspielen! Je mehr Teile, umso mehr Spaß! Ich werde dich gleich mitnehmen und austesten. Mal sehen, ob dein Schwanz das hält, was er vorgibt. Komm mit!"

Josi krallte sich den Typ und verschwand mit ihm in eine der Kabinen. Kurze Zeit später hörten wir beide um die Wette stöhnen. Josi schrie in allen Tonlagen und signalisierte uns damit, dass der Kerl ein heftiges Rohr hatte.

„Mein Gott ich werde feucht!", gab Molly von sich.

Ich grinste.

Biggi trat von einem Fuß auf den anderen und wurde unruhig. Ich stupste Jeff an und zeigte mit meinem Kopf in ihre Richtung.

„Nimm sie her, verschaff ihr Abhilfe und wenn es nur ein kurzer Stich ist. Ich denke sie ist bereits spitz wie Nachbars Lumpi. Molly kannst du danach haben und ich werde gleich den Reiter in der Kabine antesten. So hat jede von uns etwas davon."

Jeff grinste und schnappte sich Biggi und Molly.

Ich eilte in die Umkleide, wo dieser Typ gerade Josi ritt, als wenn es das Letzte wäre.

„Hallo Süße! Komm her! Du bist die Nächste. Ohhh wie geil! Mach dich schon mal bereit, mir kommt es gleich in deiner Freundin! Jeeeeetzt!"

Er stieß ein paar Mal zu und zog sich dann aus Josis Möse zurück. Diese wimmerte, sah recht fertig aus und schwankte leicht.

„Sabrina, der Typ hat wohl eine Turbobatterie intus. So einen geilen Rammler hatte ich schon lange nicht mehr. Mir ist richtig schlecht."

Etwas desorientiert verließ sie die Umkleide.

„Hi, ich bin Logan. Dich konnte ich ja schon beim Sex begutachten. Geile Schnitte sag ich nur. Dir werde ich es besonders schön machen. Um mich in Stimmung zu bringen, hätte ich gerne etwas Blasmusik. Moment ich muss erst dieses Kondom entfernen."

Vorsichtig rollte er es ab, entsorgte es in den Korb und wischte sich mit etwas Zewa, das in der Kabine lag, trocken.

„So, nun kann es weitergehen", gab er von sich.

Bevor ich reagieren konnte, zog er mich an sich und schob mir seine Zunge in den Hals.

Ich erwiderte sein Verlangen, griff ihm in den Schritt und bearbeitete seinen Lümmel.

Genussvoll stöhnte Logan vor sich hin, schob mich auf den Stuhl und forderte mich auf seinen Pimmel zu lutschen.

Na warte Bürschchen!

Ich fuhr mit meiner Zungenspitze über seine Eichel und leckte ganz vorsichtig darüber hinweg. Ihm schien es zu gefallen, denn er stöhnte, verkrallte sich in meine Haare und zog mich näher an sich.

„Geil! So gefühlvoll hat es mir bis jetzt keine gemacht. Du bist wirklich gut."

Ich weitete meine Zungenspielchen aus und binnen weniger Minuten stand sein Prügel stramm, der eine erhebliche Größe hatte.

Im Stillen dachte ich nur, *nicht schon wieder.*

Logan hielt inne und bestand darauf, dass ich ihn in den Mund nahm. Ich tat ihm den Gefallen und sog und lutschte.

„Jaaaaa! Weiter! Ich werde es dir…..ohhhhh… gleich heftig besorgen! Wie willst du es haben?"

Ich nahm seinen Lolly aus meinem Mund und blickte ihn an.

„Wie hättest du es denn gerne?", fragte ich gegen.

„Ich hab bemerkt, dass du es gerne in Doggystellung magst. Kein Problem für mich. Am liebsten habe ich jedoch, wenn man mich reitet und ich dir dabei in die

Augen sehen kann."

„Kein Problem! Ich hätte es gerne, wenn du mir dabei die Brustwarzen stimulierst. Da gehe ich ab wie eine Rakete."

Logan lachte.

„Na, ist doch Bestens! Auf geht's!"

Ich erhob mich.

Er drehte mich um, verbrachte mich in die berühmte Stellung zog mir den Slip nach unten und forderte mich auf, meine Beine weiter zu spreizen.

Ich tat es und schon führte er mir vorsichtig sein Teil ein. Langsam nahm ich ihn auf und umspannte ihn mit meinen Muskeln. Sein Penis war wirklich enorm und füllte mich völlig aus. Ich wusste was für Stöße auf mich zukamen und umklammerte vorsichtshalber den Stuhl. Logan lachte, richtete mich noch etwas aus und begann sich in Zeitlupe in mir vor und zurück zu bewegen.

Ich stöhnte erst verhalten auf, was sich dann in spitze Schreie steigerte.

Logan hatte es wirklich drauf und wusste, was Frauen wollten und brauchten.

Während des Verkehrs griff er meine Brustwarzen und verstärkte somit meine Gefühle.

Ich explodierte förmlich, als die erste Orgasmuswelle mich erfasste. Logan umfasste meine Hüfte so fest, dass nicht einmal mehr ein Stück Papier dazwischen Platz gefunden hätte und dann legte er los.

Nach einigen Stößen verstand ich, was Josi vorhin mit Turbobatterie gemeint hatte. Mir kam nur noch der Gedanke, Rudi der Rammler in den Sinn Ich kam dauerhaft und dann spritzte er ab.

Ich sah nur noch Sternchen und meine Beine zitterten, als er sich aus mir entfernte.

„Zufrieden!", hakte er nach.

Ich nickte nur und schon zog er mich mit sich auf den Boden.

„Ich werde dich jetzt kurz mit der Missionarsstellung belohnen. Beine breit!"

Bevor ich reagieren konnte, schob er diese auseinander und legte sich auf mich. Ich winkelte sie leicht an und schon drang er in mich.

Stöhnend und keuchend, vollzog er den nächsten Akt, zog meine Beine auf seine Schultern und besorgte es mir weiterhin recht heftig.

„Es kommt! Mein Gott Logan! Ohhhhhh!"

Schnell entfernte er sich aus mir, legte sich auf den Rücken und forderte mich auf, ihn zu besteigen.

Sein Schwanz stand wie eine Eins und spießte mich regelrecht auf, als ich mich über ihn schob. Ich schrie, kam und sah erneut Sternchen. Inzwischen hatte er meine Brustwarzen in den Mund genommen und sog und lutschte daran herum. Ich geriet außer Kontrolle, schrie nur noch und ritt ihn, wie eine Wilde.

Aus den Augenwinkeln sah ich, wie der Vorhang der Kabine zur Seite geschoben wurde und die besorgten Blicke meiner Freunde uns trafen.

„Alles okay bei Euch?", fragte Jeff nach.

Ich nickte und in diesem Moment kam es Logan.

Er umklammerte mich und jeder von uns kostete die Welle eines nicht endenden Orgasmus aus.

Ein paar Mal stieß Logan noch nach und dann war es vorbei.

Wir waren beide schweißüberströmt und keuchten vor uns hin.

Als ich in Jeffs Augen sah, bekam ich ein schlechtes Gewissen.

Langsam stieg ich von Logan, der mir mit Nachdruck

auf den Hintern klatschte.

„Geile Schnitte sag ich nur."

Wir erhoben uns, ich zog mich schnell an und gesellte mich zu Jeff.

„Bist du sauer?", fragte ich nach.

„Nein! Er scheint ja besser zu sein als ich!", sagte er.

„Nicht besser! Anders!", gab ich zurück.

Molly entschärfte die Situation.

„So Leutchen! Jeder hatte nun seinen geilen Fick und ist zufrieden! Wir treffen uns trotzdem bei Sabrina auf ein Neues! Bis denn! Nehmt euch an Dessous, was ihr braucht und viel Spaß nachher!"

„Hey Ladies! Kann ich dann auch mitspielen?", fragte Logan.

Molly lachte.

„Klaro! Du bleibst gleich bei mir und kannst mich für später etwas einreiten! Du fährst dann mit mir!"

Alle lachten.

Ich hakte mich bei Jeff ein und zog ihn einfach mit.

„So und wir beide üben zuhause auch noch etwas, bis die anderen kommen!", gab ich versöhnend von mir.

Jeff zwickte mich in den Hintern und bugsierte mich in sein Auto.

Der heutige Abend versprach heiß zu werden.